JN131348

私が死ぬと死んでしまう王子様との案外幸せな日常について

クレイン

イースト・プレス

contents

プロローグ　君が死んだら僕も死ぬ

退屈は、人を殺すらしい。

初めてそれを聞いた当時、そんな馬鹿な、と怠惰《たいだ》なグレーテは思った。

働かなくていいのなら、働きたくない。

寝台の上でゴロゴロして一日を過ごせたのなら、どれだけ幸せだろうか。

だが実際にその立場になってみたら、わかってしまった。

なるほど。確かに退屈は、人を殺せるのだと。

そんなことを考えながら、グレーテは椅子をずるずると引きずって窓辺へと運ぶ。

この部屋の窓はグレーテの身長よりもずっと高い位置にあり、さらにはやたらと頑丈そうな鉄格子がはめられている。

そこには絶対にグレーテを逃《のが》すまいとする、強い意志を感じる。

自分はもう、生涯ここから出られないことを知っている。

そして、手が届かないものを見せつけられるのは苦しい。

それでもグレーテは、外の世界を見たかった。

椅子に登り、伸び上がって鉄格子越しに外を眺める。

ここは王宮にある塔の最上階だ。だから遠く離れた場所まで見渡すことができる。

（わぁ……！）

グレーテは目を細め、目下に広がるオールステット王国の古き都アルミラを眺めた。

五百年以上続くこの都では景観を守るため、建物を建築する際に壁は白、屋根は赤で統一することが法で定められている。

国民たちが誇りとしている、人為的に整えられた美しき都アルミラ。

かつて患者から話に聞いて、いつか自分の目で見てみたいと思っていた。

都の中心部には大きな通りがあり、そこを数えきれない人々が歩いている。

若者が出て行ってしまい老人ばかりが残された、人口の少ないド田舎で生まれ育ったグレーテは、その通りを見るたびに人々の数に圧倒される。

（人間ってこんなにたくさんいたのねえ……）

まるで蟻《あり》のようだと、神のような視点でグレーテが思ったところで。

「何をしている！」

突然背後から怒鳴《どな》られ、グレーテは驚き体勢を崩した。

そのまま椅子から落ち、頭から大理石の床に叩《たた》きつけられそうになった瞬間。

鍛《きた》えられた逞《たくま》しい腕が、しっかりとグレーテを支えた。

「あ、殿下。ありがとうございます」

自分を助けてくれた腕の持ち主に、グレーテはきちんと礼を言った。

なんせ『ありがとう』と『ごめんなさい』は早めにちゃんと言いなさいと、今は亡《な》き母に物心ついた頃からしっかりと躾《しつ》けられたからである。

だが残念ながら、母の教えだけでは彼の怒りを解《と》くことはできなかったらしい。

「お前！　死にたいのか！　お前が死んだら僕も死ぬんだぞ！　わかっているのか！」

そしてまた頭ごなしに怒鳴られた。

まるで熱烈な愛の言葉のようだが、実際のところ全く意味合いが違う。

グレーテが死んだら、彼は死ぬのだ。――その言葉の通りに。

「殿下……。普通椅子から落ちたくらいでは、人は死にませんよ」

「打ちどころが悪かったら死ぬかもしれないだろうが！　……それに、お前が塔から飛び降りようとしているのかと思ったんだ」

どうやら彼はわざわざ椅子を持ってきて外を眺めているグレーテを見て、自殺を試みようとしているのだと勘違いしたらしい。

だからあんなにも焦って声をかけたのかと、グレーテは気づく。

だが残念ながらグレーテは、生き汚い人間だ。そうやすやすと命を手放すつもりはない。

「そもそもそうならないように窓に鉄格子をはめておいて、何をおっしゃっておられるのやら……」

「……だって、お前は魔女だろう」

だから鉄格子の一枚や二枚、突破してしまうのではないかと彼は考えたらしい。

確かにグレーテは魔女であるらしいが、頑丈な鉄格子をどうにかできるような強力な魔法を使うことはできない。

「私は魔女として落ちこぼれなので、魔法らしい魔法は使えません。ご心配いただかなくとも大丈夫ですよ」

せいぜい冷たい水を若干ぬるくするとか、痛みを若干軽減するとか、おまじないとほぼ変わらない程度のしょぼい魔法しか使えない。

「殿下は心配性ですね」

そう言ってグレーテが笑えば、マティアスは少し不服そうな顔をした。

「……だったら、心配をかけるような真似はするな。それからいい加減、僕のことは『殿下』ではなく『マティアス』と名前で呼べ」

「王太子殿下を名前で呼ぶなんて、不敬罪で処刑されちゃいますよー」

そう、マティアスはここオールステット王国の王太子だ。

本来ならば落ちこぼれ魔女のグレーテなど、遠目でその姿を拝見することすら難しい尊いお方なのである。

「……だが僕は、お前の伴侶《はんりょ》なんだろう？　グレーテ」

知らぬ間に距離を詰められ耳元で甘く名を呼ばれ、グレーテの体がぞくりと戦慄《わなな》いた。

グレーテとマティアスは、伴侶として魂《たましい》を結びつけられている。

不治《ふち》の病《やまい》に侵《おか》されたマティアスの命を救うため、古《いにしえ》の魔女の血を引くグレーテは彼の母であるこの国の王妃テレージアと彼女の従兄弟であるこの国の宰相ツェザールが行った魔女狩りによって捕《とら》えられた。

そして己の命を共有する魔法、『伴侶魔法』をマティアスにかけるよう強制されたのだ。

それはかつて多くの魔力を持つがゆえに寿命が人間よりもはるかに長い魔女が、伴侶にと望んだ人間の寿命と老《お》いる速度を己と合わせるために作り上げた魔法。

伴侶魔法をかけられた人間は、魔女が生きている限り、死ぬことができなくなるのだという。

本来ならばそんな高度な魔法を、ほとんど普通の人間と変わらない落ちこぼれ魔女のグレーテが使えるはずがなかったのだが。

なぜか奇跡が起きて魔法は正しく発動し、グレーテの命に己の命を紐付けられたマティアスは不治の病から無事に回復した。

そして彼は今ではこうして、元気にグレーテを叱《しか》りつけるまでになったのだ。

だがその一方で、伴侶となった人間は魔女と命を共有しているがゆえに、魔女が死んだら共に死ぬことになる。

つまりは、グレーテが死んだらマティアスも一緒に死んでしまう。

よってくれぐれもその命を危険に晒《さら》すことがないよう、グレーテはこの塔に閉じ込められ生を厳しく管理監視されているのである。

美しく整えられた豪奢《ごうしゃ》な部屋で暮らし、完璧に栄養を考えられた美味《おい》しい食事を与えられ、苦しいことも辛いこともない生活。

唯一、自由だけがない生活。――ただ、生かされているだけの生活。

そんなグレーテの唯一の楽しみは、鍛錬《たんれん》のためだと嘯《うそぶ》いてこんな高い塔の最上階までわざわざ毎日会いに来てくれるマティアスだけだ。

けれどもマティアスがいない時間は、ただひたすらにつまらない。

趣味の刺繍《ししゅう》や薬の調合をしたくとも、グレーテが自傷や自殺をすることを恐れ、針の一本、薬草の一本すらも与えられない。

たまにマティアスが本を持ってきてくれるが、時間が有り余っているせいですぐに読み終えてしまう。

仕方がないから寝て暮らそうと思ったが、人間が寝られる時間にも限界があるということを、ここで暮らし始めてからグレーテは知った。

早朝から仕事をしなくては生きていけなかった貧しい頃には、気づけなかったことだ。

とにかく毎日が暇で暇で仕方がない。

暇であると時間が経《た》つのがさらに遅く感じ、とても辛い。

だからせめて外を眺めたいと、時折こうして椅子に登って窓を覗《のぞ》いていたのである。

マティアスに心配をかけたくないため、露見しないように気を付けていたのだが。

この度こうしてうっかり見つかってしまった。

それを聞いたマティアスは、苦々《にがにが》しい表情を浮かべた。

「やはりお前は、ここから逃げたいのか？」

「……いいえ。ここにいれば美味しいものを食べられますし、綺麗なドレスも着られますし、好きなだけ眠れますし。……ただ、外の世界が気になっただけなんです」

せっかく夢の都に来たのに、遠くから眺めることしかできないのは少し悔《くや》しい。

「悪いが、お前を外の世界には出してやることはできない」

マティアスとて、命が惜しいのだろう。

病に倒れて三年以上、苦しみながらも必死に生きてきたのだ。今更死にたくはあるまい。

「……また書庫から本を持ってきてやる」

そんなマティアスの言葉に、今日こそはずっと思っていたことを伝えようと、グレーテは勇気を出して口を開いた。

「ありがたいんですが、殿下が持ってきてくださる本、正直言ってつまらないんです……」

彼が持ってくるのは、歴史書やら哲学書やら兵法書やら、グレーテがちっとも興味の持てないものばかりだ。

するとマティアスが、なにやら衝撃を受けた顔をしている。

きっと彼にとっては面白い本であり、だからこそグレーテに読ませたいと思い、持ってきてくれたのだろう。

その気持ちは嬉しいのだが。申し訳ないが、人にはそれぞれ好みというものがあるのだ。

「……ちなみにお前はどんな分野《ジャンル》の本が好きなんだ？」

若干傷つきながらも、グレーテの好みに合わせてくれようとするマティアスに、グレーテはにっこりと笑う。

彼はグレーテに対しぞんざいなしゃべり方をするくせに、非常に優しく面倒見のいい男なのである。

グレーテの笑顔を見たマティアスの顔が、なぜかほんのりと赤くなる。

「医学書とかがあったらぜひ！　この国の最新の医療を知りたくて！」

「……なるほど。書庫に行って探してこよう。他には？」

「それと恋愛小説が読みたいです！　しかもとびっきり甘くて幸せなやつをお願いします！　くれぐれも悲恋ものはやめてくださいね」

するとそれを聞いたマティアスが、小馬鹿にするように笑った。

「なんだ。恋愛小説なんぞが好きなのか。お前」

多くの男性にありがちなように、どうやらマティアスも恋愛小説自体を見下しているようだ。

だから申し訳ないが、人にはそれぞれ好みというものがあるのだ。

「大好きです！　なんと言いますか、読んでいるとこう血湧き肉躍るというか……」

「ほう……」

「恋とか愛とか、たぶん私は一生経験しないと思うので」

非現実的《ファンタジー》な話として楽しみたいのだと、グレーテはうっとりと笑う。

一生をこの牢獄《ろうごく》で過ごさなければならないのだから、恋を夢見るくらいいいだろう。

「……ほう……」

するとマティアスが、やたらと低い声で相槌《あいづち》を打った。なにやら酷《ひど》く不機嫌そうだ。

いったいどうしたのかと、グレーテが首を傾げた瞬間。

マティアスは突然グレーテの手を摑《つか》み、引っ張った。

「きゃっ！」

そして、グレーテがよろけて体勢を崩したところで、マティアスは彼女をそのまま寝台に押し倒した。

「……あら？」

呑気《のんき》な声を上げたグレーテに対し、マティアスはイライラとしながらも、彼女の着ている服を脱がせていく。

「殿下。したいんですか？」

「……ああ、最近していなかったからな。それと僕のことは、殿下ではなくマティアスと呼べと言っているだろう？」

確かに最近マティアスは忙しく、この塔に登ってきても一刻も経《た》たずに帰っていた。そのためグレーテは、このところ若干寂《さび》しい思いをしていたのだ。

なんせマティアスはグレーテにとって、唯一の外界との接点なのだ。

そして彼は無事繁忙期を抜けて、溜まりに溜まった欲求不満を解消しに来たらしい。

マティアスの唇が降りてきて、グレーテはそっと目を瞑《つむ》る。

唇が触れ合う。それはいつもなぜか、泣きたくなるくらいに優しい。

うっすらとグレーテの目が潤《うる》んでいることに気づいたのか、マティアスは小さく舌打ちをした。

「仕方がないだろう。お前の魔法のせいで、僕はお前以外の女を抱けないんだ。責任をとって相手をしろ」

彼のあまりの言いぐさに、さすがのグレーテも思わず唇を尖《とが》らせる。

「えー。そのおかげで命が助かったんだから、それくらいいいじゃないですかー！」

確かにグレーテが伴侶魔法をかけたことにより、不治の病を患《わずら》っていたマティアスの命は救われた。

だがこの伴侶魔法を作った魔女は随分と嫉妬深《しっとぶか》い性質《たち》であったようで、魔法をかけられた者は伴侶たる魔女以外と性的な接触をすると、もれなく股間に激痛が走るように設計されていたのだ。

今から二年前。無事病が全快したマティアスが、王家の後継として閨《ねや》教育を受けるため、とある未亡人と寝室で二人きりになったところ、股間に激痛が走ったのだという。

それが相当深刻な心的外傷《トラウマ》になってしまったようだ。

「浮気した男は捥《も》げろ、という概念を実際にやってしまったってことですよねー」

「お前……他にもっとマシな言い方はないのか……！」

「まあ、無理に性交なさらなくても、使わなければ精液はちゃんと体内に吸収されますし、己の手で処理することもできますし、若年期は睡眠時に勝手に放出されることも……」

「だからそういう問題じゃない……！」

もともと薬師という職についていたためか、グレーテには人の体や生理的な反応に対し、医学的な観点からあけすけな物言いをしてしまうところがあった。

若い娘の口から生々しい言葉が発されるという現実が、お育ちのいいマティアスにはどうにも受け入れられないらしい。

ならばどういう問題なのかと彼の言葉に少し笑って、グレーテは慣れたように体から力を抜く。

マティアスはグレーテの顔中に口づけを落としながら、器用に彼女の服を全て脱がせてしまうと、鉄格子入りの窓から差し込む陽光に照らされた、その白くて小さな体を食い入るように見つめる。

そのたびにグレーテは、なにやら申し訳ない気持ちになる。

本来ならば彼は、ありとあらゆる美姫を侍らせ好きにできる立場なのだ。

それなのに伴侶魔法のせいで、こんな貧相な体のグレーテしか抱くことができない。

（……まあ、私のほうが被害者な気もするけれども）

マティアスの手が、グレーテの小ぶりな乳房をそっと包み込む。

そして、やわやわと優しく揉み上げる。その頂《いただき》にツンと痛みに似た甘い疼《うず》きが走る。

「んっ……！」

グレーテが小さく声を漏《も》らせば、マティアスは、ぷっくりと勃《た》ち上がったそこを、舌先で舐《な》め上げた。

吸い上げられ、歯で優しく扱《しご》かれ、じくじくとグレーテの下腹に熱が籠《こも》り始める。その熱を逃《のが》そうと膝《ひざ》を擦《こす》り合わせれば、脚の間に腕を差し込まれ大きく広げさせられた。

普段秘されている場所に外気を感じ、ひくりとそこが戦慄く。

その脚の間にマティアスは己の体を捩《ね》じ込むと、グレーテの体の形を確かめるように、手のひらで線を辿《たど》り始める。

胸から腹へ、そして太ももへ。

敏感な場所に触れられるたびに、グレーテは小さく体を跳ねさせる。

グレーテに触れるマティアスの手は、酷く優しい。

——まるで愛されているのだと、勘違いしてしまいそうなほどに。

やがてマティアスの指先が、グレーテの脚の付け根へと辿り着く。

そこにある濡れた割れ目に、つぷりとその指先が入り込む。

「……随分と濡れているな」

グレーテを辱《はずかし》めるように言うマティアスの声が、どこか嬉しげで。

(そんなふうに殿下が触るからなのに……!)

不可抗力だと憤《いきどお》ったグレーテは、思わず彼の指先を締め付けてしまった。

「相変わらず狭いな」

そんなどうしようもない文句を言いつつ、ぬるぬるとグレーテの秘裂を探るマティアスの指が、硬く痼《しこ》った小さな神経の塊《かたまり》を見つけ出す。

「やっあ……!」

その表面を指の腹で摩られて、わかりやすくも強烈な快感にグレーテは思わず高い声を上げた。必死に腰を逃そうとすれば、体を拘束され、興奮し勃ち上がった花芯を容赦《ようしゃ》なく執拗《しつよう》に刺激される。

「う、あ……んんっ！」

徐々に追い詰められ、体を戦慄かせ、助けを求めるように伸ばした手は絡め取られ、頭の上でまとめられてしまう。

「で、殿下……！」

「だからマティアスだ。なんならマティでもいいぞ」

どうやら彼の名を呼ばなければ、解放してもらえないようだ。

(無茶を言わないでくださいよ……！)

グレーテが必死に隠しているものを、勝手に暴《あば》こうとしないでほしい。

せっかく身の程を弁《わきま》えようとしているのだから。

そんな脅《おど》しには屈しまいと、グレーテは必死に快感を逃そうとする。

マティアスの指が蜜口に差し込まれ、グレーテの内側を探り出した。

「や、あ……ああ……！」

だがその指はグレーテの気持ちのいい場所をあえて少しずらし、物足りない力で刺激してくる。中途半端な快楽を与えられ、逃《のが》れることも達することもできず、グレーテは体をガクガクと震えさせた。

「ほら、グレーテ。呼んでみろ」

グレーテの耳元で、甘い声でマティアスが唆《そそのか》してくる。

その胎《はら》に響く声に抗《あらが》えず、グレーテは助けを求めるように、唇を開いて彼の名を呼んだ。

「マティアスさまぁ……」

どこか媚《こ》びるような、何かを乞《こ》うような、いやらしい響きになってしまった。

グレーテは羞恥《しゅうち》で顔を赤らめる。

するとマティアスが、してやったりとばかりに満面の笑みを浮かべた。

そして次の瞬間。ぐりっと花芯を押し潰され、内側の気持ちのいいところを擦り上げられて。

「ああ……！」

グレーテは絶頂に達し、背中をしならせながら、腰をガクガクと跳ねさせた。

脈打つグレーテの中から指を引き抜くと、マティアスは嗜虐的《しぎゃくてき》に笑ってその指を舐めた。

それから大きくグレーテの脚を開かせ、小さく痙攣《けいれん》を繰り返す蜜口に、己をあてがう。

「――っ！」

圧倒的な質量が入り込んでくるこの瞬間は、いつまでも慣れない。

グレーテは息を吐いて、その圧迫感に耐える。

成人女性としては小柄なグレーテに、マティアスは大きすぎるのだ。

やがてマティアスの腰があたって、無事彼の全てを受け入れたことを知る。

「大丈夫か？」

グレーテの額《ひたい》に浮かんだ汗を指先で拭いながら、マティアスが労《いたわ》るような声をかけてくる。

（本当に、やめてほしい……）

ただ性欲を解消するためだけなら、もっと自分本位に酷く抱いてくれればいいものを。

グレーテは滲《にじ》む視界でマティアスを見つめながら、小さく頷く。

するとマティアスは、グレーテの顔中に触れるだけの口づけを落とす。

そして最後に唇を重ねると、そっとグレーテの口腔《こうくう》内にまた舌を忍びこませた。

絶頂の余韻で頭の芯がぼうっとしているグレーテは、ただそれを受け入れる。

「ん……んふ……」

呼吸が苦しくて鼻にかかる甘ったるい声が漏れるが、彼の舌に翻弄《ほんろう》されてどうすることもできない。

体が馴染《なじ》んでから、ゆっくりとマティアスは動き出す。

優しく揺すられているうちに、グレーテの体が快感を拾い出す。

「あ、ああっ……！」

グレーテの声に甘さが滲み出たことを見計らって、マティアスが次第に動きを激しくする。その頃にはもう圧迫感もなくなって、あるのはただ快楽だけだ。

グレーテは何も考えず、必死に快感を追う。

マティアスが彼女の細い腰を摑み、激しく揺さぶる。

「やあ、もう、だめ……！」

先ほどとはまた違った感覚がグレーテの中に溜まっていって、やがて決壊する。

「──っ！」

声も出せないほどの深い絶頂に、グレーテはマティアスにしがみつく。

搾《しぼ》り取るように蠢《うごめ》くグレーテの中に耐えられなかったのか。

マティアスも息を詰めて、彼女の中に欲を吐き出した。

汗に塗《まみ》れたまま抱き合って、息を整える。

それからマティアスは顔を上げると、グレーテに口づけを落とす。

──まるで恋愛小説にあるような、愛のある交《まじ》わりの後のように。

（そんな素敵なものじゃないのになあ……）
この行為が終わって残るのは、いつだってどこかやるせない虚《むな》しさだ。
マティアスは、口では悪ぶっているものの、本当は『いい人』だ。
こんな魔女一人、利用している自分が許せないほどの。
だからこそこうして恋人にするように、グレーテを大切に抱いているのだろう。
（困った人……）
それがむしろ残酷であることに、気づいていない。
グレーテのような寂しい人間に、優しくすることの罪深さを知らないのだ。
（まあ、私も気持ちがいいからいいのだけれどね）
相互扶助だと割り切ってしまえばいい。そうすれば、それ以上は傷つかずにすむ。
グレーテは何もかもを誤魔化《ごまか》すために、へらりと笑う。
するとマティアスが不愉快そうに眉を顰《ひそ》めた。
グレーテの作り笑いを見ると、彼はいつも不機嫌になる。
そしてマティアスが何かを言おうとしているのを察しながらも、グレーテはそのまま
とっとと眠りの世界に旅立ってしまった。
二年もこの部屋に閉じ込められているグレーテは圧倒的運動不足、および体力不足で

あった。たった一回のこの行為で、疲れ果ててしまうほどに。
くったりと眠りについてしまったグレーテを、マティアスは大切そうに抱きしめる。
そしてどこか狂気を宿した目で、その小さな指先に口づけを落とした。

第一章　狩られた魔女

グレーテが捕えられ王宮の塔に囚《とら》われるようになったのは、今から二年前。

彼女が十六歳の頃のことだ。

それまでグレーテは、オールステット王国の東部にある山間の長閑《のどか》な村で薬師として働きながら暮らしていた。

近辺に薬師はグレーテしかおらず、朝から晩まで患者が絶《た》えない。

さらに患者は貧しい者が多く、さしたる収入にもならない。

それでもグレーテは人を助けるこの仕事にやりがいを感じ、毎日充実した日々を過ごしていたのだ。

「んー。軽い風邪ですね。咳《せき》止めを出しておきます。熱冷ましはこの程度ならいらないでしょう。熱は無理に下げると、逆に治りが遅くなりますからね」

顔を赤くして鼻水を垂らす三歳くらいの男の子の頭を優しく撫《な》でて、グレーテは付き添っていた母親に診断を伝える。

「良かった……ありがとうございます……！」

安堵したように表情を緩め、子供を抱きしめる母親。

その姿をグレーテは、目を細めて見つめた。

（……いいなあ）

グレーテの母は一昨年、事故で突然亡くなった。

街を歩いていた際、貴族の乗る馬車に轢《ひ》かれたのだ。

母を轢いた馬車は止まることなく、そのまま走り去ったという。

残念ながらこの国の貴族は平民のことを、自分たちと同じ人間だと思っていないのだ。

グレーテは美しかった母の変わり果てた姿に、涙が枯《か》れるまで泣いた。

そしてその日から、グレーテを抱きしめてくれる腕はなくなってしまった。

（十六歳にもなって、母様を恋しがってちゃいけないよね。しっかりしないと）

なんせグレーテはもう、この村では結婚していたっておかしくない年齢なのだから。

（まあ、そんな相手はいないけど……）

田舎の村の結婚は早い。気がつけばあっという間に行き遅れだ。

だが毎日は忙しく、恋をする暇も結婚相手を探す暇もない。

でもいつかは結婚して、母になりたいと思う。

グレーテは子供が大好きだ。生命力に溢《あふ》れたその姿に、いつも圧倒される。

いつかは自分でも、子供を産み育ててみたいのだ。

「ありがとう！　おねえちゃん！」

「どういたしまして。ちゃんと嫌がらずにお薬を飲むんだよー。いい？」

「はぁーい……」

嫌そうな顔をした男の子に、グレーテは小さく吹き出してしまう。

どうしたって子供の口に薬は苦《にが》いものだ。どうか頑張ってほしい。

「ゾフィーさんがお亡くなりになったときはどうなることかと思ったけれど、グレーテちゃんがいてくれて、本当に助かってるわ。ありがとう」

子供の母親が、そう言って深々と頭を下げる。グレーテは慌てて首を横に振った。

「いえいえ、母にはまだ遠く及びませんよ」

ゾフィーは、グレーテの母の名だ。母はとても腕のいい薬師だった。

このオールステット王国において、医師という職業に就《つ》いている者たちのほとんどが王族や貴族に独占されている。

よって平民たちの間では『魔女』と呼ばれる女性の薬師が、その代わりを務めていることが多い。

『魔女』は神殿や貴族の間では悪魔の手先とされているが、平民にとっては昔から困ったときに頼れる身近な存在だった。

そもそも魔女とはいうが、もちろん魔法が使えるわけではない。

病を得たり怪我《けが》を負った人々を診察し、薬を与え治療し、時に様々な相談に乗ったりするだけの職業だ。

グレーテの母は村人たちに尊敬されていた魔女だった。

いつも自信満々に自分のことを『大魔女』であると嘯《うそぶ》くだけあって、彼女の薬はやたらと良く効《き》いた。

そのため母が亡くなったとき、彼女が世話をしていた周囲の村の人々は悲しみ、そして不安を抱いたのだ。

医療知識を持った魔女は、常に不足している。

よってこんな田舎に、新しく来てくれる代わりの魔女などいないだろう。

けれども病人も怪我人も、変わらず常に発生するのだ。

そして彼らは、幼い頃から大魔女ゾフィーの調薬《ちょうやく》の手伝いをしていたその娘に縋《すが》った。

なんとかしてくれ、助けてくれ、君しかいないんだ、と。

病人や怪我人を前にして、最愛の母の死に悲しみに暮れていたグレーテは立ち上がり、後を継ぐことを決めた。

物心ついたときからグレーテは母の手伝いをしており、診察の仕方や薬草の扱い方を心得ていた。さらには病状と病名、それに対する治療薬の調合方法などをまとめた母の書き置きが、大量に残されていた。

(たぶん大丈夫……。私でもなんとかできるはず……!)

グレーテは、根っからの楽観主義者だった。

何より、尊敬する母のような人間になりたかった。

そうしてグレーテは、この地の新たな魔女となったのだ。

真っ赤な顔をした患者の男の子の額に、そっと手を当てる。

「いたいのいたいの、とんでいけー」

グレーテがそう言えば、男の子はびっくりしたように目を見開いた。

「わあ! あたまがいたいの、どこかいっちゃった!」

男の子のそんな可愛《かわい》らしい姿に、「まあ!」とその母が笑う。

「おかあさん！　ほんとうにいたくなくなったよ！」

「そうなの。良かったわねえ」

　きっと母親は、子供がおまじないを喜んでいると思っているのだろう。

　だが事実、男の子の頭痛はかなり軽減しているはずだ。ふふっと小さくグレーテは笑う。

　魔法と呼ぶのも烏滸《おこ》がましいが、グレーテは患部に触れることで、その痛みを軽減させることができる。

　遠い先祖に本物の魔女がいたらしいと、かつて母に聞いたことがあった。

　この力はその名残りかもしれない、などと勝手に思っている。

　母の作った薬がやたらと効いていたのも、その血のなせる業《わざ》なのかもしれない。

「せんせいありがとー！」

「はいはい。お大事にねー」

　診察を終えて薬を受け取った母親に手を引かれて去っていく男の子に手を振って、グレーテは椅子から立ち上がり凝り固まった体を伸ばす。

　今日は朝から患者が絶えず、昼休憩すらまともに取れていなかった。

「お腹空《す》いたなー」

　聞き苦しい音を立てて苦情を言う腹を宥《なだ》めるように撫でながら、昨日の夕食に作ったシチューの残りを温めて食べようと、グレーテが台所へ足を向けたところで。けたたましく玄関が叩《たた》かれた。

オンボロの木の扉なので、そんなに激しく叩かれると壊れそうで怖い。

(今日は本当に患者さんが多いなあ……)

随分と焦っているあたり、どうやら急患のようだ。己の空腹より優先すべきだろう。ガンガンと容赦なく叩かれる扉を前に、ひとつ深い息を吐いて気合いを入れたグレーテは玄関に向かう。

「はいはーい。なんでしょうか?」

疲れを隠していつものように明るい声で扉を開けたところで、すぐに冷たい何かが首筋にひたりと当てられた。

突然のことに、驚いたグレーテは固まってしまう。

目の前にいるのは鎧《よろい》を身につけた兵士数人と、潔癖《けっぺき》そうな雰囲気の若き神官が一人。恐る恐る視線を下げ己の首元を覗き込めば、突きつけられているのは、剣。

(へ……!?)

グレーテの全身から、血の気が引いた。いったい何事なのか。

「グレーテ・ロディーンだな。お前を魔女として連行する」

神官に厳しい声で言われ、グレーテは恐怖で震えた。

（まさか、異端審問官……!?）

この大陸では、エラルトという名の神が信じられている。

エラルト教は厳格な一神教だ。全能神エラルトは唯一無二の神とされている。

そして異端審問官とは、そのエラルト神の名の下に異教徒や異端者を捕え処断する役割の神官のことである。

確かにエラルト教の神殿は魔女を悪魔の使いであるとして、異端と定義している。

だがそれは形骸的なものであり、実際に魔女を捕えたり処刑したという話は聞かない。

おそらく魔女がいなくなれば、平民に対する医療の受け皿がなくなってしまうからだろうとグレーテは考えていたのだが。

（まさか、神殿の方針が変わったということ……？）

――魔女と呼ばれる女性の薬師たちを、弾圧する方向へと。

グレーテの背中を、冷たいものが走り抜けた。

かつてエラルト教は、この大陸中の異教徒たちを弾圧し虐殺《ぎゃくさつ》した。

異端審問官たちの彼らへの所業は、熾烈《しれつ》極まりないものだったという。

多くの異教徒が火で炙《あぶ》られ、水に沈められ、殺されたのだと。

「神殿に、お前が魔女だという密告があったのでな」

「そんな……！　私は薬師です！　魔女などではありません……！　エラルト神を心から信仰しております……！」

『魔女』というのは概念的なものであり、グレーテは生まれてすぐに神殿で洗礼も受けている。

さらには休息日にはきちんと神殿の典礼《ミサ》にも参加しているし、敬虔《けいけん》とは言い難《がた》いものの、ちゃんとしたエラルト教の信徒である。

——異端の魔女などでは、決してない。

「それは裁《さば》きの場で自ら弁明するがいい。この魔女めが」

だがそんなグレーテの主張はまるで受け入れられず、異端審問官は冷酷な目でグレーテを見やり、そう言い捨てた。

周囲を兵士に囲まれ、手を拘束されたグレーテは無理やり連行された。

（どうして……どうしてこんなことに……？）

ただ母の後を継ぎ、この村のためにと必死に頑張ってきただけなのに。

兵士たちに連れて行かれるグレーテを、村の人々が見送っている。

（みんな……！）

助けを求めるように彼らを見やったグレーテは、心臓を冷たい手で掴まれたような気になった。

村人たちの視線はこれまでの温かみや敬意を感じるものではなく、明らかにグレーテを見下し蔑《さげす》むものばかりだったのだ。

異端審問官がグレーテを、異端であると断じたからだろう。

村人たちは善良で、エラルト教の敬虔な信者たちが多い。

神官の言葉を疑わず、頭から信じてしまうほどに。

よって彼らの中でグレーテは、もう蔑むべき存在となったのだろう。

そんな中、一人だけグレーテから慌てて目を逸《そ》らした男がいた。酒に溺《おぼ》れ肝臓を悪くしたために、家族に頼まれて何度か酒をやめるよう、彼に指導した記憶がある。

(ああ、そういう……こと)

彼がグレーテを神殿へ売り払ったのだろう。

おそらくは逆恨みか、わずかばかりの酒代のために。

村人たちの健康を守る魔女として、良かれと思ってやったことだった。

だが彼はこんな小娘に指摘されたことが、許せなかったのかもしれない。

――グレーテがこれまで必死になって築いてきた全てが、一気に崩れた気がした。

兵士に引きずられるように歩き、やがて見すぼらしい荷馬車の中に詰め込まれる。

そこにはグレーテよりも幼い少女から老婆まで、六人の女性が乗せられていた。

おそらく全員がグレーテと同じく、魔女と断じられた女性なのだろう。

皆、悲愴《ひそう》な表情を浮かべ恐怖に震えている。

この馬車が自身の残酷な死へと向かっていることを、察しているのだ。

絶望の中、やがて馬車が動き出す。

グレーテは幌《ほろ》付きの荷台の中で膝を抱えて、縮《ちぢ》こまった。

こんなことになるのなら、母の後など継がず魔女などと名乗らず、ただの娘として暮らしていれば良かった。

この仕事は人のためになっているのだと、そう固く信じて頑張ってきたのに。

何ひとつ報われなかったグレーテは、もう何もかもが信じられなくなっていた。

それからどれほどの期間、馬車に揺られたのか。

ほんの数日だったような気もするし、一ヶ月近かったような気もする。

売られる奴隷《どれい》のように、毎日死なない程度の粗末な食事を与えられ、グレーテたちは運ばれた。

その間にグレーテが馬車の外から漏れ聞こえる兵士たちの話を聞きかじったところ、どうやらこの国の王太子が病に倒れたらしいことがわかった。

「殿下は、魔女に呪いをかけられたのだそうだ」

よって神殿が、王太子に呪いをかけた魔女を探しているのだと。

道理でこれまで必要悪として放置していた魔女という存在を、今更になって狩り始めたわけだ。

おそらくは、王太子を魔女の呪いから救うためなのだろう。

（でも、病気を魔女の呪いのせいにするなんて……！）

無知にも程がある。残念ながら病気と呪いは全く別のものだ。

この国の魔女を殺し尽くしたところで、王太子の病気が治るわけがない。

多少なりとも正しい医療知識があれば、そんなことはすぐにわかるはずなのに。

なぜ、そんな虚言《きょげん》を信じてしまったのか。

王宮が抱えているはずの数多《あまた》の医師たちは何をしているのだ。

こんな馬鹿げた話を、窘《たしな》める人間は一人もいなかったのか。

医療従事者として、これらを医学の敗北のように感じ、グレーテは居た堪れない気持ちになった。

（どこかで魔女たちの潔白を主張できる場があれば……）

わかってもらえるのではないか、と。そうグレーテは考えていた。

だがそれがいかに甘い考えだったかを、彼女はすぐに思い知らされることになった。

道の途中、食事のために馬車から降ろされた際に一人の老婆が逃げ出して、命乞いも虚しく目の前で兵士に斬り殺されたのだ。

吹き出したその血を頭から被ってしまった少女が悲鳴を上げ、食べたばかりのわずかな食事を吐き戻す。

薬師として人の死に慣れているグレーテであっても、死に至る量の血飛沫《ちしぶき》を前に、足が震えて動くことができなかった。

「ちっ！　余計な手間をかけさせやがって」

剣に脂《あぶら》がついたと、そうぼやく兵士に、グレーテは自分たちがすでに人間として扱われていないことを知ってしまった。

相手を同じ人間だと思えなくなったとき、人はどこまでも残酷になれるのだということも。もはや彼らにとってグレーテたちは神に仇《あだ》なす魔女であり、殺したところでなんの罪にもならない存在なのだ。

この出来事で残った者の心は折れ、それ以後はもう誰も逃げ出そうとはしなかった。

魔女たちを乗せた馬車はひたすら進み、やがて大きな街に出た。

荷台には窓もなく出入り口には幌がかけられているため、その風景を見ることはできなかった。

だがそれでも、人々の雑踏が漏れ聞こえてくる。

グレーテが心密《ひそ》かに憧《あこが》れていた、都会ならではの騒がしい音。

やがてなんらかの敷地内に入ったらしく、また周囲が静かになった。

おそらくは、異端審問が行われる神殿だろう。

いよいよこの旅の終着点なのだと、荷台に乗せられた魔女たちは震え上がる。

「私たち……殺されるんでしょうか」

十代前半と思われる少女が、涙をこぼして小さな声で呟《つぶや》いた。

その言葉に、グレーテは何も答えられなかった。

ガタンと音を立てて、馬車が止まる。瞬間、皆が恐怖で息を呑《の》む。

「……お前たち、出ろ」

幌が持ち上げられ、兵士たちに命じられる。

魔女たちは長い旅で萎《な》えてしまった足で、ふらつきながら馬車を降りた。

（ここは……どこなの？）

グレーテは周囲を見渡し、唖然《あぜん》とする。

自分たちはこれから神殿に連れられ、異端審問にかけられるものと思っていた。

だがここは、明らかに神殿ではない。

神殿では贅沢《ぜいたく》は罪とされているため、少なくとも表面上は質素を装っているものだ。

それなのに目に映るのは美しい彫刻が施された大理石で作られた、贅を尽くした内装だった。

こんなにも豪華な空間を、グレーテは初めて見た。

そんな宮殿のような建物の中を歩き、やがて一際大きく重厚な扉の前に辿り着く。

そこにはすでに、他の地方から集められたのであろう魔女たちが並ばされていた。

「――次」

中から他人に命令することに慣れた、傲慢《ごうまん》な声が聞こえた。

その声がするたびに兵士たちが一人ずつ、扉の中へ魔女を連れて行く。

魔女が入ってしばらくすると、断末魔のような叫び声が聞こえる。

その叫びが聞こえるたびに、扉の外に残された者たちは震え上がった。

(……この部屋の中で、何が行われているの……?)

結局は部屋に入ってすぐに、審判も行われず処刑されてしまうのだろうか。

だがそれならばわざわざ手間をかけて、こんなところまで連れて来る理由がない。

絶対にグレーテたちを連れてきた、なんらかの理由があるはずだ。

「――次」

中から出てきた兵士が虚《うつろ》な目で、次の獲物を探す。

そして目の前にいる幼い少女の腕をとった。少女の顔が恐怖で歪《ゆが》む。

「……私が行きます！」

それを目にした瞬間、グレーテは思わず声を上げた。

たとえほんのわずかな差しかないのだとしても、年長者である自分が先に逝《い》くべきだと思ったのだ。

（……ごめんね。あげられるのは、本当に大した時間ではないけど）

それでもこの幼い少女に、人間への絶望だけを抱えて逝ってほしくない。

これはただの、グレーテの自己満足だ。

グレーテは強張った顔を、必死に微笑《ほほえ》みの形にして少女に向ける。

すると震える少女の目から、初めて恐怖以外の涙が溢れた。

兵士としては、抵抗しないグレーテのほうが楽だったのだろう。

すぐに少女の腕を放し、グレーテの手を摑んだ。

そしてそのまま引きずるように、その壮麗《そうれい》かつ重厚な扉の中へと放り込まれる。

覚悟を決めたつもりだったが、心臓の音が耳の奥で響いて聞こえるほどに恐怖していた。

死を前に平静でいられるほど、グレーテは強い人間ではない。

それでも人としての矜持《きょうじ》を、品位を、失いたくはなかったのだ。

部屋の中は思った以上に広く、そして豪奢な部屋だった。

中心には寝台が置かれ、その上にはまだ少年と呼んでも差し支えないような年齢の痩《や》せこけた少年が眠っている。

寝台の横には先ほどまで生きていた魔女たちが惨殺《ざんさつ》され、その遺体がゴミのように積み上げられていた。

自分もこれからその中のひとつになるのだと、グレーテの足が震える。

部屋の奥には眉間に深い皺《しわ》を刻み厳しい表情をした、明らかに支配階級であろう中年男性がいた。それなりに美しい容姿をしているが、冷酷そうな雰囲気のせいでちっとも魅力的に見えない。

先ほどからの魔女を呼ぶ声は、この男のものだろう。

(この部屋はなんなの……)

異様なその空間には、むせかえるような血の臭《にお》いに満ちている。

――――その中に、微《かす》かに感じる何か。

「う……」

（……この、臭いは）

それは薬師として、嗅《か》ぎ慣れた臭いだった。

おそらくは、悪性の腫瘍《できもの》から発せられるもの。しかも察するに、末期の病状だ。

芥子《けし》の匂いもするから、患者は大量の痛み止めを投与されているのだろう。

どうやら寝台に寝かせられている痩せ細った少年は、病に侵されているらしい。

その病は若ければ若いほど、進行が早いという恐ろしいもので。

『――王太子殿下は、魔女に呪いをかけられたのだそうだ』

ここへ連れて来られる途中に、兵士が言っていた言葉を思い出す。

（……なるほど。確かに病の進行の早さに、これを呪いだと思い込む理由もわかる……）

若くしてこの病にかかると、まるで呪いにかけられたように一気に悪化するのだ。

つまりはこの少年が、我が国の『王太子殿下』ということだろう。

落ち窪《くぼ》んだ王太子の目が、こちらに向かってうっすらと開いている。

白眼は酷く黄ばんでいるが、瞳は綺麗な緑柱石《エメラルド》色だ。

その目に映る、乱れた銀の髪に赤い目のグレーテの姿は、まるで死神のようだ。

芥子は鎮痛剤として絶大な効果を発揮するが、過剰な摂取は意識障害を引き起こす。

どうやら彼は眠っているのではなく、意識が朦朧《もうろう》としているだけのようだ。

大理石の床には寝台を取り囲むように赤いインクで描《か》かれた、巨大な魔法陣があった。

(……あれ？　これって……)

その魔法陣に使用されている文字を、グレーテは知っていた。

『医療に携《たずさ》わるものは、診察録《カルテ》を書くために患者にはわからない字を書く必要があるのよ！』

全ての情報を患者が知ることのないように。そして他者への秘密保持のために。

それは薬師だけが使う文字なのだと、自称大魔女の母から教わっていた文字だった。

その魔法陣を、現実逃避のためか惰性《だせい》でグレーテは読み解いていく。

(マティアス……これは王太子殿下のお名前かしら？　伴侶……貞節……生命……共有……？　訳がわからない……いったいどういうこと……？)

魔法陣に書かれた言葉に内心首を傾げていると、突然兵士の一人がグレーテの手をとって、その手のひらにナイフの刃を滑らせた。

「きゃっ……！」

手のひらに深く傷が走り、血がぼたぼたとこぼれ落ちる。

グレーテは鋭い痛みに顔を歪めた。

「魔女。その手を、魔法陣に付けろ」

奥にいた酷薄そうな中年男が、グレーテに命じる。

(ああ、この魔法陣は、血で描《えが》かれているのか……)

そこでグレーテは、知りたくない事実を知ってしまった。

誰の血だかはわからないが、足元に溢れた己の血と魔法陣の文字の色は、同じ赤だった。

痛みに奥歯を噛《か》み締めながら、言われるまま魔法陣の描かれた床に手をつける。

だがそのまましばらく経っても、特に何も起こらない。

当たり前だ。グレーテは魔女などではなく、ただの薬師なのだから。

母の言う通りたとえ魔女の血を引いていたとしても、ただの人となんら変わらない。

魔法なんて、使えるわけがないのだ。

「……やはりこれもダメか」

中年男が忌々《いまいま》しげに呟き、顎で兵士にグレーテの処刑を命じる。

すると隣に立っていた兵士が無表情のまま腰の剣を抜き、グレーテへ向ける。

そして今まさに彼女の命を絶たんと、振り上げられる。

その様子が酷くゆっくりと、グレーテの目に映った。

(私……このまま殺されるの?)

そう己の生の終わりを悟った瞬間。

グレーテを、これまで感じたことない激情が襲った。

（いや……！　死にたくない……！　誰か助けて……！）

グレーテは魔法陣へ向けて、必死に懇願《こんがん》する。

この魔法陣が発動しなければ、自分は殺されてしまうのだ。

目の前の魔法陣は、グレーテにとって最後の希望だった。

（母様の言う通り、私が本当に魔女の系譜《けいふ》なら……！）

するとわずかながらぼんやりと、魔法陣が光を放った気がした。

それはもしかしたら、グレーテの願望だったかもしれない。

だが次の瞬間、グレーテは全身から何かを一気に吸い上げられるような、不思議な感覚に襲われた。

（お願い、動いて……！）

「待て！　そいつは殺すな……！」

その異変に気づいたのだろう。

男が大きな声で、兵士を制止する。だがきっともう間に合わない。

己の身に迫り来る刃を見つめながら、グレーテの意識は途絶えた。

第二章　塔の上のグレーテ

――それから、どれくらいの時間が経ったのか。


光を感じ、酷く重い瞼《まぶた》を押し上げて、グレーテは目を覚ました。

「ここは……」

目の前にあるのは、柔らかなクリーム色の天蓋《てんがい》だった。

もちろんグレーテの家の寝台に、天蓋などついていない。

つまりここは、自分の家ではない。

全てが夢だったのなら、というグレーテのささやかな願いは、あっさりと打ち砕《くだ》かれた。

体を包み込むような柔らかな寝台の極上の寝心地から、天国かとも思ったが、体中の節々が痛むのでちゃんと生きてはいるらしい。

　手当はされているものの、肩に深い傷があるようだ。

　おそらく、止めきれなかったあの剣の傷だろう。

　男の命令に首に向けられた剣先がわずかにずらされ、グレーテの肩を傷つけたのだ。

（でも、生きてて良かった……）

　もう、死んだとばかり思っていた。

　どんな状況であれ、少なくともこうして生きていることに心から安堵する。

　信じていた村人たちに裏切られたり変な儀式に巻き込まれ殺されかけたりと、辛く苦しいことも多々あったが、それでもグレーテは死にたいとは思わなかった。

　命に関わる仕事をしているからこそ、死んでしまったら全てが終わりだと知っている。

（大丈夫。生きてさえいれば、きっとなんとかなる）

　あの部屋でゴミのように積み上げられていた哀れな魔女たちを思えば、生きているだけ自分は恵まれているのだから。

　若くして薬師としてたくさんの死と向き合ってきたグレーテは、年齢のわりに酷く達観していた。

（それにしても、ここはいったいどこなの……？）

寝台から身を起こそうとしたが、体が鉛《なまり》のように重く動かせそうにない。

仕方なく首と目線だけを動かし、周囲を窺う。

どうやら石造りの部屋のようだ。

だがグレーテの住んでいた村の石造りの家とは違い、形を均等に整えられた石がきっちりと綺麗に積み上げられおり、その隙間は混凝土《コンクリート》で埋められている。

おそらく一流の石工の手によるものだろう。全く歪みがない。

やたらと高い位置にある窓からは陽光が差し込んでいて、部屋の中は随分と明るい。

そして設置してある家具や用意されている調度類は、明らかに一級品だ。

しかも女性が好むような、可愛らしい意匠で統一されている。

（まるで、貴族のお姫様が住むようなお部屋……）

うっとりとあたりを見回してから、グレーテはそっと自分の体を見やる。

なにやらこれまでに感じたことのない肌触りに、包まれていたからだ。

グレーテはひらひらとした、やはりこれまたお姫様が着るようなネグリジェを着せられていた。そのあまりに滑らかかつ柔らかな肌触りに、おそらくこれが噂《うわさ》に聞く絹という名の希少な布なのではとグレーテは推測し、震える。

湿気の多い遠い国から取り寄せた糸で織《お》られているというその布は、とてもではないが一般庶民の手に入る品ではない。

（とても弁償なんてできないから、くれぐれも汚さないようにしなきゃ……！）

などと思いつつ、その極上の感触にうっとりとする。

そして動けないグレーテは、そのまま寝台の上で短い睡眠を繰り返しつつ、ぼうっとした時間を過ごした。

いずれきっと誰かが来て、事情を説明してくれるに違いない。

それまでは怠惰に過ごしていてもいいだろうと。

そう思っていたのだが。

待てど暮らせど、この部屋には誰も来なかった。

こちらは空腹と喉の渇きを抱えているというのに。

（どうしたらいいんだろう……）

グレーテは困ってしまった。さすがにこのままでは死んでしまう。

餓《が》死《し》はあらゆる死の中で最も苦しいのだと、昔母が言っていた。勘弁してほしい。

仕方なく覚悟を決めたグレーテは、プルプルと震える子鹿のような脚で、なんとか寝台から立ち上がった。

そして寝台から少し離れたテーブルに向かう。そこに水差しが置かれていたからだ。

毒が入っているのではないか、などと一瞬考えたが、グレーテに何かをするのであれば意識がないうちにとっととしていただろうと思い直し、一気に飲み干したい気持ちを抑えて体を冷やさないように少しずつ飲んだ。

どうやら普通の水のようだ。特に何かが混ぜられている様子はない。

久しぶりにとった水分が、体の隅々にまで染み渡るのを感じる。

(他に……何か食べれるものはないかなぁ)

空腹具合から鑑《かんが》みるに、前回意識を失ってから随分と時間が経っているようだ。

よろよろと壁伝いに歩きながら、この部屋の唯一の出入り口と思われる鉄製の扉へと向かう。とりあえず、この部屋から出てみようと考えたのだ。

鉄の扉には、足元に小さな扉が付いている。

村の猫飼いの家の玄関についていた、猫用の出入り口のような小さな扉だ。

(猫でも入ってくるのかな?)

にゃあとそこから猫が入ってくる姿を想像して、グレーテは小さく笑みをこぼす。

時間をかけてようやく扉まで辿り着くと、そこでグレーテはとんでもないことに気づいた。なんとその扉には、取手が付いていなかったのだ。

つまりは内側から開けることが、想定されていないということで。

（私、監禁されているってこと……？）

一応扉を力一杯押してみたが、もちろん全く扉は動かなかった。

猫の出入り口のような、小さな出入り口さえも。

「誰か！　誰かいませんか……！」

嗄《か》れた喉で必死に叫んでみたものの、もちろんその声に誰も来ることなく。

とうとうグレーテは、自分がこの部屋に閉じ込められているという事実を受け入れざるをえなかった。

しばらくの間、床に座り込み呆然としていると、突然その鉄製の扉にある小さな窓がぱかりと開いた。

初めての変化に驚いたグレーテは目を見開くと、這うようにして必死に扉の元へと向かった。

もちろんそこは人が通れるような大きさではないが、それでも初めて外と繋《つな》がったのだ。

これでなんとか外と接触が取れれば、と思ったところで。

その開いた小さな扉からスープとパンと水差しの載ったお盆がすっと差し込まれ、すぐさまピシャリと閉められた。

さらには、外からガチャリと鍵をかける音がした。

「……えあ？」

あっという間に絶たれた希望に、グレーテの口から間抜けな声が漏れる。

どうやらあの猫の出入り口のような小さな扉は、グレーテに食事を供給するための場所らしい。

それ以外の用途には、全く使う気はなさそうだ。グレーテは深いため息を吐いた。

それから差し入れられた久しぶりの食事を目の前にして、やはり一瞬毒が入れられているかもと警戒したが、まあ殺そうと思えば意識のないうちにさくっと殺《や》っているだろうと、再び思い直した。

（……お腹が空いていたら、いざというときになんにもできないもの）

そもそもグレーテは職業柄、毒を含めた薬物全般に通じており、もし料理になんらかの薬が混入されていれば口に含むだけで大体わかってしまう。

すぐに吐き出せば、死に至るようなことにはならないだろう。

無味無臭の毒なんてものは、この世にほとんど存在しない。

あったとしても、その効果は断定的なものだ。

むしろ自分の知らない毒で殺されるのなら、それはそれで知的好奇心が満たされ本望かもしれない、などと阿呆なことを思いつつ、空腹に耐えきれなかったグレーテは配給された食事を全てぺろりと食べてしまった。

空腹もあったのだろうが、そのスープとパンはこれまで食べたことがないほどに美味しかった。

（この世にこんな柔らかくて甘いパンがあるなんて……！　こんな味わい深いスープがあるだなんて……！）

世界は広いとグレーテは感激し、食べながら思わずうっすらと涙を浮かべてしまった。しみじみ生きていて良かったと思う。

だがこれではかつて食べていたパンやスープを、ちっとも美味しいと感じられなくなってしまいそうだ。

もしかしたら贅沢もまた、一種の毒なのかもしれない。

食べ終えた後は、食器類をなんとなく元あった小窓の前へと置く。

腹が満たされれば、血液が胃腸に集中し眠くなってしまうもので。

睡魔に襲われたグレーテは、そのままふらふらと寝台に戻ると弱った胃腸の消化を助けるためだと自分に言い訳をして、また眠りに落ちた。

そのとき見た夢は覚えてはいないが、そう悪いものではなかった気がする。

再び目を覚ませば、もう夕方だった。窓から西陽が差し込んでいる。

随分と長い時間、寝ていたようだ。

（……まったく何時間寝てるの、私……）

我ながら呆《あき》れてしまう。こんなに眠ったのはほんの小さな子供の頃以来かもしれない。

だが随分と体調が良くなっていた。適切な食事と十分な睡眠を取ったからだろう。

やはり食事と睡眠は、生きるうえで非常に大切なのである。

母の後を継いで薬師になってからというもの、グレーテは寝食を忘れて働いてきた。

（患者には睡眠をしっかり取れ、食事をちゃんとしろって指導するくせにね……）

こんなところに幽閉されて、初めてそれを手に入れるとは随分と皮肉な話だ。

茜色の部屋の中を見渡してみれば、扉の小窓の前に置いていた食器が片付けられ、新たな食事が置かれていた。おそらくは夕食だろう。

（あ、私、罪人なんだ……）

そこではっきりと、グレーテは自分の立場を理解した。

ここは美しく整えられた牢獄なのだと。

（罪を犯した貴人を幽閉するための場所ってところかな……）

いわゆる牢という概念にはそぐわない美しい部屋だが、やたらと高い位置にある窓には逃げられないようしっかりと太い鉄格子がはめられている。

（私、ただの平民なのに。なんでこんな部屋に入れられているの……？）

謎が深まるばかりだ。グレーテは心細さに己の痩せた体をそっと抱きしめた。

その後、傷が癒《い》え体力が戻り自由に動けるようになってから、グレーテは部屋中を探索した。

浴室や手洗いなども設置されており、白木の可愛らしいクローゼットの中には一人で着脱可能な色とりどりの美しいシュミーズドレスが何着も入っていた。

上質な綿モスリンが使用されており、うっとりしてしまうような肌触りだ。

（こ、こんな貴族のお嬢様が身につけるようなものを、私なんぞが勝手に着てもいいの？）

などと恐縮しつつもこれしか着るものがないので、拝借し身に着ける。

飴色に輝く樫の木で作られた鏡台の前に座り、グレーテの唯一の自慢である柔らかく波打つ銀の髪に馬の毛で作られたのであろう高級そうなブラシを丁寧にかける。

体を流れる血そのもののような色の赤い目を細めれば、鏡の中にいるのはどこからどう見ても貴族のお姫様だ。自分もなかなか捨てたものではないな、などと思う。

（それにしても、私をここに閉じ込めた人は何を考えているんだろう）

あまりにも、平民の罪人には過ぎた待遇だ。

その後も毎日三食しっかりと与えられる食事はよく栄養が考えられており、さらには手まで込んであって毎回驚くほどに美味しい。

食べ終わった食器も、洗濯物も、小窓の前に置いておくと勝手に回収してくれる。

「あの……お話ししてもいいですか！」

「………」

どうしても話し相手が欲しくて、グレーテは小窓の前で待ちかまえ、日常の唯一の変化である食事が差し入れられる瞬間を待って何度も話しかけてみた。

だがすぐにピシャリと小窓は閉められ、一切返事はもらえなかった。

ずっと、ひとりぼっちの時間が続く。

確かに生きるだけならば、何ひとつ困らない。——だが、ただただ暇だ。

そして人間は、暇だと碌《ろく》なことを考えない生き物である。

ここはどこなのか。自分はどうして閉じ込められているのか。これからどうなるのか。

思考だけが、無駄にぐるぐると回り続ける。

結局なんの変化もないまま一ヶ月以上が経過し、とうとう気が狂いそうになったグレーテは、小窓から食事と衣服を差し入れる手に向かって怒鳴ってしまった。

「このままここに一生閉じ込めるつもりなら、舌を噛み切って死んでやるから……！」

それを聞いた手の主《あるじ》は、慌てたようにその場から走り去った。

その足音を聞きながら、グレーテはその場にしゃがみ込んで深い息を吐いた。
めったに人に強い言葉をかけないからか、心臓が激しく鼓動を打っている。
だが兎《と》にも角《かく》にも日々に変化が欲しかったのだ。このままではおかしくなってしまう。
どれほど生きるための素晴《すば》らしい環境を与えられても、人は孤独に病《や》むものだから。
外にいる人たちは、グレーテが勝手に死んだらむしろ喜ぶのかもしれないが。
(だとしたら、どうして私を生かしているんだろう……？)
他の魔女たちと同じように、とっとと殺してしまえばいいだけのことだ。
グレーテには、何もかもがわからない。
ただこれ以上理由もわからずここに幽閉され続けるのは、耐えられない。
せめて自分がここに閉じ込められている、納得できる理由が欲しい。
激情を抱え嗚咽《おえつ》を堪《こら》え、床にしゃがみ込んだままどれほどの時間が流れたのか。
ギィッと錆《さ》びた金属の擦れる不快な音を立てて、突然目の前の扉が開かれた。
グレーテは弾《はじ》かれたように、顔を上げる。
(扉が開いた……！)
己の命を盾にして初めて、一ヶ月以上開かなかった扉が開いた。
どうやら彼らはグレーテに死なれるのは困るらしい、という交渉材料を得る。

これはありがたい情報だ。

少なくともすぐに殺されることはないということなのだから。

扉が開いた先には見るからに上質な服を着た一人の少年が、数人の騎士に守られるように囲まれて立っていた。

――その顔に、覚えがある。

（……彼は）

あの魔法陣の中にあった寝台に横たえられていた、死にかけた少年だ。

死を間際にしていたからか、彼の容姿はしっかりと脳裏に焼きついている。

（つまりは、この国の王太子殿下……）

平民のグレーテからすれば、雲の上すぎる方である。

思わずグレーテは、身震いしてしまった。

彼は一ヶ月前に見た姿とは違い、血色がよくなり全体に適度な肉がついて、明らかに健康的な見た目になっていた。

整いすぎたその顔を縁取り、さらさらと背中へと流れる髪は艶めく黄金。

不機嫌そうに顰められた金色の眉の下には、緑柱石《エメラルド》をそのままはめ込んだような美しい瞳がある。

これぞ王子様であると言わんばかりの、麗しい姿だ。

(お美しいなぁ……。それに随分とお元気になられて……)

だがそこでグレーテの薬師としての知識が、目の前の事実を否定した。

彼は明らかに、末期の症状だったはずだ。

現在の医療技術では、あの段階から助かるわけがない。

しかもたった一ヶ月で、ここまで回復するなどと。

どれほど王都の医学が発達していたとしても、絶対にあり得ない。

血を流す己の手のひらの下でぼんやりと光った魔法陣を思い出し、グレーテの体が震えた。

――自分はあのとき、いったい何をしたのか。

「悪いが、この娘と二人きりにしてくれ」

「なりません！　殿下……！」

とんでもないと気色《けしき》ばむ騎士に、王太子は冷ややかな目を向ける。

「こんな小娘一人に何ができるというのだ。命令だ。下がれ」

王太子は困惑する騎士を扉の外へ追い出すと、グレーテへ歩み寄った。

「――お前、死ぬつもりか？」

問うその声は、とてつもなく冷酷な響きだった。まるで罪人を問い質すような。

「……本気で死ぬつもりなんてありません」

先が見えないことが恐ろしくて、ただ、脅しただけだ。

思ったよりも、答える声が震えた。随分と久しぶりに人と会話をしたからか。

「そうか。ならば良かった。僕は、お前に死なれたら困るんだ」

もし死ぬつもりなら、舌を噛まぬようすぐに猿轡《さるぐつわ》を噛ませて、動けぬよう体を拘束してやらねばならなかったところだったなどと言って、王太子は酷薄そうに口元を緩める。

それを聞いたグレーテは、震え上がった。

それでは本当に生きる以外のことを、全て奪われてしまうではないか。

――まさかの、死ぬ自由すらも。

今ですら自由がなく、苦しんでいるのに。これ以上の不自由はごめんだ。

(でもどうしてそんなに、私の命にこだわるの……？)

まるで家畜を屠《ほふ》るように殺された、哀れな魔女たちの姿が脳裏に蘇《よみがえ》る。

あの場所で物のように積み上げられていた彼女たちと自分に、なんの違いがあったというのか。

「……なぜ、殿下は私に死なれると困るのですか？」

本来ならば平民の分際で王太子に気安く話しかけるなど、許されることではない。

だが彼は、グレーテに死なれると困ると言った。

ならば、少なくとも今すぐに殺されることはないとグレーテは判断した。

これを逃《のが》せば、次はいつ他人と交流できるかわからないのだ。

知りたい情報は全て聞き出そうと、勇気を出してグレーテは王太子に問うた。

「……お前、何も覚えていないのか？」

不思議そうに聞かれ、グレーテは頷く。

「殿下の寝台の周囲に描かれた魔法陣が、ぼんやりと光る様子は見ましたが、その後兵士の剣で傷つけられて意識を失ってしまったので……」

「なるほど。危なかったな。お前が死んでいたら、僕も死んでいた」

いったいどういうことなのかと、グレーテは首を傾げる。

すると王太子は、深く長いため息を吐いた。

「……僕も宰相から聞いた話で、完璧に理解をしているとは言い難いんだが。……僕の寝台の下にあった魔法陣に描かれていたのは『伴侶魔法』という魔法らしい」

「『伴侶魔法』ですか……？」

グレーテは意味がわからず、ぽかんとしてしまった。

伴侶とはすなわち、妻、もしくは夫のことを指す言葉だ。

生涯を共にすると誓った相手のことを指す言葉だ。

すると王太子が片眉を上げ、不可解そうな顔をした。

「お前は魔女なんだろう？　なんで知らないんだ？」

「いえ、私は普通の人間ですけど。しかもエラルト教徒ですけど……？」

「はあ？」

魔女どころか異端ですらないと、グレーテは主張する。

敬虔とは言い難いものの、グレーテはちゃんとエラルト神を信じているのである。

毎週、典礼《ミサ》にだって通っていたのだ。

「まあ確かに遠い先祖に魔女がいた……なんて話を亡き母に聞いたことはありますが。私自身はごく普通の人間ですね」

「なん……だと……？　どういうことなんだ……？」

衝撃を受けたらしい王太子は、その場で頭を抱えてしまった。

どうやら彼はグレーテのことを、様々な魔法を使う危険な魔女とでも思っていたらしい。

だからこそこうして他人に害を及ぼさないよう隔離され、誰も関わってこなかったのだろうか。

しばらくして気を取り直したのか、王太子は顔を上げた。

「そういえばお前にまだ名乗ってもいなかったな。僕の名前はマティアス・オールステットだ。お前の名は？」

「グレーテ・ロディーンと申します」

「そうか。ならばグレーテ。端的に言うならば、その『伴侶魔法』により、僕はお前の『伴侶』となった」

「………は？」

大切なことだからもう一度頭の中で確認するが、『伴侶』とは妻、もしくは夫、そして生涯を共にする相手のことである。

少なくとも初めて会った相手に対し、使う言葉ではない。

だがマティアスは、ごく真面目な顔をして口を開いた。

「かつてこの大陸にいた『魔女』という存在は、三百年という長きを生きたという」

ちらりとマティアスが、お前もそうなのか、と問うように視線を寄越す。

グレーテは、とんでもないとぶんぶんと頭を横に振った。

「確かにうちは若干長命な家系らしいですが、曽祖母が百とちょっとすぎてから老衰で亡くなったくらいで、母は一昨年事故で亡くなりましたし、祖母は十年前に肺炎で亡くなりましたよ」

決して不老長寿の家などではない。病やら事故やらで早くに亡くなる者だって多い。

「それならお前は普通の人間と同じような寿命で、同じような理由で死ぬということか」

「それはそうですよ」

何を当たり前のことを言うのかと、グレーテが首を傾げれば、マティアスの眉間の皺がさらに深くなる。

「……『伴侶魔法』というのは、かつてそんな長い時を生きる魔女が作ったもので、気に入った人間の男が自分と同じ時間を生きられるように、男の命を己の命に紐付けする魔法らしい」

「……はあ」

そしてあの魔法陣に描かれていたその『伴侶魔法』を、魔女の血をわずかに継いでいるもののほとんど只人《ただびと》と変わらないグレーテが、死にたくないあまりに火事場のなんとやらを発揮して、奇跡的に発動させてしまったらしい。

本来魔法など使えないはずなのに。神か悪魔が死にゆくグレーテを哀れんだのか。

「それにより現在、お前の命には僕の命が紐付けられている」

つまりは現状、グレーテの命はマティアスと共有化されているということで。

「……はあ。つまり殿下は私が生きている限り、死なずにすむということですね」

おかげで、あの死の床からマティアスは蘇ったのだ。

グレーテがまぐれで使った『伴侶魔法』によって。

そのためマティアスはこれから先、グレーテが生きている間は、ありとあらゆる病にかからず、どんな怪我を負っても死ぬことはないのだという。

――そう。グレーテが死なない限りは。

だというのにその命の大元であるグレーテは普通の人間で、怪我だって負うし、病気にもなるし、それらによって死ぬこともあるのだ。

それでは危険を避けさせるため、グレーテをここに閉じ込めてその命を管理せざるを得ない。

なんせ彼女が死ねば、この国の王太子たるマティアスも死ぬのだから。

そこでグレーテは、ずっと疑問に思っていたことの答えを得る。

「……なるほど。だから今になって、この国で魔女狩りが行われたのですね」

これまで神殿から平民たちの医療の受け皿として見過ごされてきた、魔女という存在。

だが死の床《とこ》にある王太子の命を救うため、伴侶魔法を使わせる魔女が必要だったために、国内で一斉に魔女狩りが行われ、結果多くの魔女が命を落とすことになったのだ。

そのために失われた多くの命を思い、グレーテは胸が塞がる思いがした。

人の命を助けるのは、こんなにも難しいのに。

人の命を奪うのは、こんなにも容易《たやす》いのだと。

「……ああそうだ。なんでも宰相の先祖に、魔女の伴侶となった者が存在したらしい。なんでも彼は人間でありながら、二百年という長い時間を生きたそうだ」

その魔女の伴侶は生きた二百年、病気になることもなく、大きな怪我を負っても死ぬことはなかったそうだ。だが魔女である妻が老衰で亡くなったのを看取《みと》ってすぐに、彼もまたその命を落としたのだという。

そして宰相の家であるファイネン公爵家に密かに受け継がれていた魔術書に、あの『伴侶魔法』の魔法陣が記されていた。

ちなみにあの血塗れの部屋でマティアスと生贄《いけにえ》の血を使い『伴侶魔法』の魔法陣を描き、次々に魔女の処分を命じていた痩せぎすの中年男が、どうやらこの国の宰相だったようだ。

「宰相と我が母は、どうしても僕に死んでほしくなかったようでね」

そこでファイネン公爵家に伝わる『伴侶魔法』を使い、王太子の延命をすることを彼らは思いついたのだ。

親が子を救わんとするのは当然だろうと思うのだが、なぜかマティアスの口調は苦々しい。

（王太子殿下のお母様ということは、王妃様ということで……）

「……大切に思われていらっしゃるのですね」

なんと言えばいいかわからず、グレーテが無難にそう返せば彼は皮肉げに笑った。

「僕をというよりは、己の立場を大切に思われておられるのだろうよ」

マティアスは王妃の唯一の子だ。

そんな彼に死なれたら、確かに王妃の立場は失われるだろう。

「邪法を使い、息子を怪我でも病気でも死なない、何百年も生きる化け物にしてでも、な」

エラルト神を裏切り異端の力を借りて、その対価を息子に支払わせてでも。

それを聞いたグレーテは困ってしまった。

そんなふうにグレーテを、恐ろしいもののように言わないでほしい。

今回たまたま魔法が成功してしまっただけで、自分はあくまでも人間である。

決して魔女でも異端でもないのだ。

「だがありがたいことに、そのファイネン家の魔女の伴侶とやらとは違い、僕は人並外れた寿命を生きる必要がなさそうで、ほっとしたよ」

「それはよろしゅうございました」

正直なところ、グレーテがいくつまで生きるかはわからない。

だが百と少しで老衰で亡くなった曽祖母を思えば、さらに魔女の血が薄くなったグレーテでは、百年を大幅に超えることはあるまい。

もし正しくグレーテが魔女であったなら、彼は三百年を生きるということか。

それは確かに辛いだろうと思う。

人間はどうしたって、自分とは違う生き物を、忌諱《きい》するものだから。

「お前がただの人間と変わらぬ寿命で良かった。もし年を取れなければ、僕こそが異端であると火炙りになっていたところだからな」

グレーテは息を呑む。確かに魔女の力を借りてまで命を繋いだということは、悪魔に魂を売ったと言われても言い訳はできぬ所業だ。

グレーテの表情が凍りついたのを見て、マティアスは皮肉げに笑う。

「僕は今、魔女の血を引くお前の命を使って生きている。……そんなことが周囲に露見すれば、お前共々処刑されるだろうなぁ」

確かに邪法を使って生き延びていることが露見すれば、たとえマティアスが王族であろうともグレーテ共々火炙りになるだろう。

つまりはまさかの、この国の王太子殿下と一蓮托生である。

とんでもないことに巻き込まれてしまったと、グレーテは思わず頭を抱えてしまった。

「だから私をここに閉じ込め、私の命の管理をしているということですね」

グレーテの言葉に、マティアスは眉を顰めた。

彼としてもなんの罪もないグレーテを幽閉することに、罪悪感を抱《いだ》いているのだろう。

「ああ。悪いがお前を、もうここから出してやることはできない」

なんせグレーテが死んだら、この国の王太子が死んでしまうのだから。

「……わかりました」

もちろん腹立たしいし、なぜこんなことになったのかと憤《いきどお》りもするが。

少なくともグレーテは、納得してしまった。

この国の王太子であるマティアスの命と、魔女の末裔《まつえい》とはいえ平民の薬師でしかない自分の命では、明らかにその重さが違う。

マティアスが死ねば、間違いなくこの国は荒れることになる。

今の王には二人の子があると聞いた。

一人は長子であり、血統の確かな王妃の子である王太子マティアス。

もう一人は身分の低い愛妾《あいしょう》の子である第二王子ヴェルナー。

序列通りにマティアスが王位を継げば、なんの問題もない。

けれどもマティアスが命を落とし、第二王子が王位を継ぐとなれば、その血の卑《いや》しさを理由に王弟や王の従兄弟などが台頭してきて、我こそが次代の王であると名乗りをあげることだろう。

そのせいで内戦などが勃発したら、目も当てられない事態になる。

だから宰相や王妃がなんとしてもマティアスの命を救おうとした、その理由はわかる。

「まさか母と宰相が、そんな非人道的なことを考えているとは知らなかったんだ……」

だがそれでも、やっていいことと悪いことはあるのだ。

おそらく彼は見たのだろう。

物のように積み上げられた、罪なき哀れな魔女たちの成れの果てを。

『伴侶魔法』を使えなかった彼女たちは、口封じのために、皆殺されていた。

それでもマティアスが命を落としたら、この国にそれ以上の被害が出ると、あの冷酷な宰相は判断したのだ。

(次に会うことがあったら、殴ってやりたい……あの中年男《おっさん》……！)

他の魔女たちと同じように、あっさり自分を殺そうとした鬼畜《きちく》宰相を思い出し、グレーテは憤った。

グレーテが王太子の命を握っている以上、何をしたって彼らは何もできまい。次に会うことがあったら、一発や二発殴ったところで問題はないだろう。うん、絶対にやってやろう。

そして最後にグレーテが助けた、あの少女はどうなったのだろうか。

（……生きていてくれればいいな）

だがその可能性が極めて小さいことは、わかっていた。

やはりいつかあの宰相だけは、こてんぱんに殴ってやりたい。

「……すまなかった」

グレーテの怒りを押し殺した表情に気づいたのだろう。

マティアスは潔く頭を下げた。グレーテは驚き目を見開く。

こんなに身分の高い人が、自分のような平民に頭を下げるなんて。

「だが僕は、もう死ぬわけにはいかないんだ」

多くの犠牲の上にこの命を繋いだ以上、生き汚く生きなければならないのだと。

そして生き残ったことに、意味を見出さねばならないのだと。

その目は、どこか狂気を帯びていた。

そこにあるのは、常人では抱えきれないほどの、罪悪感。

（……お可哀想に）

彼が自分の命のためなら何が犠牲になっても気にしないような、悪辣《あくらつ》な人間であったのなら。グレーテだって、憎んで恨《うら》んで罵《ののし》ってやることもできたのに。

マティアスは若さとその地位ゆえの傲慢さはあれど、生真面目で、優しく、責任感のある人間だった。

――正しく魔女や悪魔が欲しがるような、清廉《せいれん》な魂。

「なんなら気がすむまで、僕を殴ってもらってもかまわない。……どうせ死にはしないから」

残念なことに殴りたいのは宰相であって、マティアスではない。

マティアスもまた、人として死ねなくなってしまった被害者だ。

「殿下は私の伴侶となったことで、怪我をしなくなったんですか？」

「……いや、死なないだけだ。傷の治り自体はこれまでとそれほど変わらない。多少早くなったくらいか」

「それって……」

死に至る怪我や病気であっても、ただ、死なないだけ。命だけは、繋がるだけ。

死にさえしなければ、いずれ怪我や病気は自分の免疫や自然治癒で治るものだ。

つまりは痛みや苦しみは、結局そのまま残るということなのだろう。

「……僕の腹にあった悪いものは、少しずつ小さくなってはきているが、未《いま》だ残っている。完治までは、まだしばらくかかりそうだ」

それでもどうせ死にはしないからと、マティアスはいつも通り働き、食事をし、この塔の階段を登ってきたのだという。

「やっぱり相当に痛いんじゃないですか……」

かつて同じ病にかかった者の最期を、グレーテは看取ったことがある。

彼は痛みに耐えられず、何度もいっそ殺してくれと家族に縋っていた。

意識を失ってもいいと家族が言うので、芥子から抽出した痛み止めを与え続け、結局最期は眠るように亡くなった。

マティアスは今まさにどれほどの苦痛に耐えているのかと、たまらなくなったグレーテは、思わず彼に近づき手を伸ばしてその腹に触れた。

これまで節度ある距離にいた彼女の突然の行動に、マティアスは驚き体を跳ねさせる。

「……は？」

それから美しい緑の目を大きく見開き、彼は間抜けな声を上げた。

明らかにグレーテが手を当てた場所から、彼を苛《さいな》んでいた痛みが消えたからだろう。

「……やはりお前、魔女なんじゃないのか」

「だから違いますって」

掠れた声でマティアスが問うが、グレーテは首を横に振った。

「私の手は、ただ痛みを和《やわ》らげるだけです。残念ながら対症療法にしかすぎず、治療にはならないんです」

グレーテの力は魔法とは到底呼べない、根治《こんち》には到底至らない、ささやかなもの。

もし母のように薬の効能を底上げし、人を治癒させる力があったなら、どれほど良かったか。

だがそれまで深く刻まれていたマティアスの眉間の皺が、明らかに浅くなった。

「……お辛かったですね。でもきっとそのうち治りますよ。殿下はお若いですし、人の再生力って、なかなかに大したものなんです」

戯《ふざ》けたように言うグレーテの優しい声に、マティアスは静かに目を瞑った。

久しぶりに痛みのない時間を、最大限満喫しようとしているのかもしれない。

それからややあって、マティアスは目を閉じたまま口を開いた。

「……できる限り、お前の望みは叶《かな》えよう。ここから出してやることだけはできないが」

なんせグレーテは、マティアスの生命線だ。

グレーテが死ねばマティアスも死んでしまうし、魔女の力を借りたことが露見すれば、二人仲良く火炙りだ。

しかもグレーテはマティアスとは違い、大きな怪我を負えば死んでしまうし、病気になっても簡単に死んでしまう。だからこそマティアスは、グレーテを手元で徹底的に管理監視しなければならないのだろう。

けれどそれはあくまでも全てがマティアス側の事情であり、グレーテはただ巻き込まれただけの被害者である。

そのことに対し、マティアスは少なからず罪悪感を持っていて、だからこそ何不自由ないようにと、この貴人用の幽閉部屋をグレーテにあてがったのだろう。

彼でなければ、グレーテの処遇はもっと悲惨《ひさん》なものだったに違いない。

「ここは、王宮にある塔の最上階だ。魔女であっても逃げることは難しいだろう。悪いが諦《あきら》めてくれ」

苦渋《くじゅう》の表情。――そして、懇願。

グレーテはもう、何も言えなかった。

「その代わり、お前にできるだけのことはするつもりだ。何か困ったことはないか？」

美味しい食事に、美しい衣服。好きなだけ取れる睡眠。

確かに生命を継続するうえで、必要なものは全て用意されている。

だが足りないものはあった。大いにあった。

——人間は実に複雑かつ面倒な生き物で、衣食住のみに生きるのではないのだ。

グレーテは覚悟を決めて、マティアスの緑柱石色の目を見据えた。

「ではひとつだけ、お願いがございます」

「なんだ？　言ってみろ」

「私、話し相手が欲しいんです」

「……は？」

想定外の要望だったのだろう。マティアスが間抜けな顔をする。

「この一ヶ月、誰ともしゃべらずなんの娯楽もなく、正直なんの拷問かと思いました」

日がな怠惰に生きるのにも、限界があるのだ。

常に人に囲まれている彼には、きっとわからない感覚だろう。

「このままでは気が狂っちゃいます。私は人と会話がしたいし、余りある時間を潰す手段が欲しいんです」

薬師として働いていた頃は、休みが欲しくてたまらなかったのに。

実際休みだけの日々は、気が狂いそうなほどに、時間の流れがゆっくりに感じられた。

「久しぶりにこうして人と話すことができて、私は今泣きそうなほど嬉しいんですよ」

グレーテは微笑む。するとマティアスの姿が潤んだ。

どうやら本当に、涙腺が決壊してしまったらしい。

この一ヶ月。グレーテは寂しくて寂しくてたまらなかったのだ。

せめて一人でも、一時間でも、いや数分でもかまわない。

日々の話し相手が欲しかった。

マティアスはそんなグレーテを見て、明らかに狼狽《うろた》えていた。

「悪いが、お前の存在を外部に漏らすわけにはいかないんだ。だから人をここに遣わすことはできない」

グレーテは溢れる涙をそのままに、唇を噛んだ。

やはり自分はここで死ぬまで一生、誰とも関わることなく過ごさなければならないのか。

たった一ヶ月ですら、こんなにも苦しかったというのに。

これからの長き人生を思い、思わず目の前が真っ暗になった。そのとき。

「――だから、僕が毎日ここに来よう。そしてお前の話し相手になろう」

続くマティアスの提案に、グレーテは驚き目を見開いた。

「それくらいしか、僕がお前にしてやれることはないからな……」

そう言って、困ったようにマティアスは眉を下げた。

「……嫌か？」

不安そうにマティアスに聞かれ、グレーテはとんでもないと、ぶんぶんと激しく首を横に振った。

すると良かったと言って、ほっとしたようにマティアスが笑った。

それはこれまでの皮肉げな微笑みではなく、なんの裏もない、年相応の少年の笑みで。

グレーテは思わず、マティアスの笑顔に見惚れてしまった。

（いい人だなあ……）

そして、そんなことをしみじみと思う。

彼は王族として、グレーテにもっと傲慢であってもいいはずなのに。

それこそあの、いつか殴りたい宰相《おっさん》のように。

彼に対して抱いていた、身分の高い者への反感や恐怖は、随分と霧散《むさん》してしまった。

「ありがとうございます……！」

彼は王太子だ。おそらくはこの国でも有数の忙しい身の上だ。

言葉通りに受け取ったところで、さすがに毎日は来られないだろう。

だがそう言ってくれる、人として扱ってくれる、その彼の気持ちが嬉しくて。

グレーテは涙をこぼし、笑って礼を言った。

するとマティアスは彼女にしばし呆然と見惚れた後、顔を赤らめて慌てて視線を逸らした。そんな彼がやはり年相応に可愛らしく見えて、グレーテはまた泣きながら笑った。

それからというもの、マティアスは本当に毎日グレーテの元へ通ってくるようになった。

どれほど忙しくともわずかな時間の合間を縫って、汗だくになって塔を駆け登り、たとえ一言二言でも必ず毎日グレーテと言葉をかわしてくれる。

その様子はあまりに必死で、グレーテは却《かえ》って申し訳なく、心配になってしまう。

「殿下。本当に毎日いらっしゃってくださってとても嬉しいのですが、王太子としてのお仕事は大丈夫なんですか？」

「安心しろ。問題ない。なんせ僕は優秀だからな」

「でも疲れが顔に出ておられますよ。無理はなさらないでくださいね。……少しの間なら私は一人でも大丈夫ですから」

たとえ伴侶魔法のおかげで只人よりは若干体が丈夫になっていたとしても、彼の疲労の色は濃い。

会いにきてくれるのは嬉しいが、こんなに疲れている彼を酷使してまで、己の孤独を癒やしたいとは思わない。

「僕を侮《あなど》るな。お前との約束くらい守れる」

だがそれでもマティアスは愚直に、グレーテとの約束を守り続けた。

彼に尊重されるたびに、グレーテは奪われた自尊心が少しずつ満たされるのを感じる。

かつて軽んじられ切り捨てられた己の命が、価値あるもののように思えるようになった。

グレーテはせめてものお返しにと、マティアスがここにいる間、彼の痛みを和らげた。

鎮痛の力を使った後は、しばらくグレーテを疲労感が襲うが、どうせ日がな一日ほとんど何もせずに過ごしているのだ。別に気にすることでもないだろう。

やがてマティアスの病は、無事に完治した。

王妃や宰相はそれをエラルト神の起こした奇跡だと喧伝しているらしいが、実際には魔女の力である。

どちらかといえば神よりも悪魔寄りだ。

それなのに神から祝福を受けた者として、神殿までもがマティアスを奇跡と認定しているらしい。

「僕が祝福の王子だとさ」

皮肉げに笑うマティアスからその話を聞いて、神殿も適当だなあとグレーテは呆れてしまった。

「バレなきゃいいんじゃないですか？　それっぽく神妙そうにしていればいいですよ」

どうせ人は、信じたいものを信じるものなのだから。

すると今度は小さく声を上げて、マティアスは子供のように笑った。

マティアスと共に過ごす時間は、とても楽しい。

くだらない会話をして、二人で笑い合って、戯《たわむ》れ合って。

そうしているうちに、グレーテの中で彼への怒りや恨みは綺麗に消えてしまった。

もちろんあの宰相については、許すつもりはない。いつか会えたら殴るつもりだ。

マティアスは自分がいない間にグレーテが時間を持て余さないよう、王宮の書庫から本を持ってきてくれたり、一人でも遊べる遊戯盤《ボードゲーム》やカードなどを持ち込んでくれたりする。

持ってくる本の傾向については多少物申したいが、グレーテは彼のその気遣いが嬉しかった。

さらに時折、菓子や雑貨、装飾品なども持ってきてくれる。

きらきらと宝石のように美しい菓子、女性が好きそうな可愛らしいリボンやブローチ、ガラスでできたペン。

美味しかったから、似合いそうだったから、使いやすかったから。

そう言って恥ずかしそうにそっぽを向きつつ、押し付けてくるマティアスが可愛い。

己の命がかかっているからだとは思うが、優しくされ大切にされるのは、単純に嬉しいものだ。

自分が生きることでマティアスが生き延びられるのなら悪くないと思えるほどに、グレーテは彼に絆《ほだ》されていた。

「聞いてくれ、グレーテ」

「はいはい、今日はなんでしょう？」

さらにはこの塔から出られないという身の上は、秘密保持にはもってこいだったようで、マティアスはグレーテに誰にも言えない愚痴《ぐち》じみたこともよく漏らすようになった。

「新しい税法が、父上の承認を受けて成立してしまったんだ」

「……それは、何か問題なんですか？」

「貧富に関わらず、国民に一律にかかる税金を新設したんだよ」

今回国民全員に一律にかかる税金を増やし、一方で、収入に対し累進《るいしん》で税率が上がる税を減らしたのだという。

グレーテは眉を顰めた。

それはつまり、富めるものはさらに富み、貧しいものはさらに貧しくなるという仕組みではないのか。

「なぜそんなことを……」

「景気を良くするためだとさ。貴族や富裕層が金を使いやすい環境を作ることで、この国の経済を回すのだそうだ」

宰相曰《いわ》く、富裕層が金を使い経済が回れば、いずれは貧困層にまで金が回るというのが理由らしい。だがその恩恵が届く前に、貧困層にいる国民の体力が尽きることを、マティアスは懸念していた。

どちらの言うこともそれなりに説得力があり、政《まつりごと》のことがまるでわからないグレーテとしては、その正誤を判断できない。

「進言してはみたが、父上はいつも母上と宰相の言いなりだ。国王が聞いて呆れる……」

「まあ、気の強い女性に逆らえない男性って、結構多いんですよねぇ……」

かつてグレーテが暮らしていた村でも、気の弱い恐妻家《きょうさいか》の男性は多くいた。妻を尊重しているのではなく、ただ怖いから、ただ面倒だからと、向き合わずに逃げていた。

現国王は彼らと同じ類《たぐい》の、酷く気の弱い男なのだろう。

よって妻に、そして宰相に、強い言葉のひとつもかけられない。

だからこそ彼女らが増長して、こんな事態になっているのだ。

「まるで未来の自分を見ているようで、忌々しい」

いずれマティアスが王位についたとき、母も宰相も彼を新たな傀儡《かいらい》にすべく動き出すことだろう。

そのためにマティアスの命を、異端の魔女の力を借りてまで繋ぎ止めたのだから。

「そんなことにはならないと思いますよ。殿下はきちんとご自分の立場を弁えていらっしゃいますから」

マティアスは、傀儡となることをよしとしていない。

それどころか、必死に彼らに立ち向かおうとしている。

「本当に救いようのない人間は、自覚がないものです」

ただ気の弱いだけの無責任な自分を、優しい人間だと思い込むように。

そうなるまいという強い意志があるのなら、大丈夫だとグレーテは太鼓判を押してやる。

「私は一国民として、殿下が国王陛下になってくださったら嬉しいですし、この国にも希望が持てます」

なんせグレーテのような平民にまで、細やかに心を砕き誠実に対応してくれる人なのだ。

きっと誰にも優しい国を作ってくれるはずだと、グレーテは言った。

まった。

するとそれを聞いたマティアスは虚《きょ》を衝《つ》かれた顔をして、恥ずかしそうに下を向いてし
「そ、そうか……」

金の髪の隙間から覗く耳が赤い。どうやら照れているらしい。

そんなところがとても可愛くて、グレーテはほっこりしてしまった。

「父上にもっとしっかりしていただきたいものだ。昨夜など突然父上に呼び出されて、どんな重要な話かと慌てて聞きに行ったら、母上が父上の愛妾に酷い嫌がらせをしているらしいから、なんとか止めてほしいと頼まれてな……」

それを聞いてグレーテは呆れてしまった。恐れ多くも、あまりにも情けない。

「へえ……。妻と妾の管理くらい、ご自身でやっていただきたいですね。自分が関わりたくないからって息子《マティアス様》に押しつけないでいただきたいです」

おそらく国王は愛妾に、王妃をなんとかしてくれと泣き付かれたのだろう。

そして国王は国王で自分から王妃に物を言うことが怖くて、息子であるマティアスに押し付けたのだ。

そうすれば愛妾には対応したといい顔ができ、王妃からも不興を買わずにすむ。

腹立たしいことだとグレーテが不貞腐《ふてくさ》れれば、その膨《ふく》れた頬《ほお》をつっつきマティアスは

笑った。

「ふふ……。この国の王に対し随分と不敬だな、お前は。それにしても母上も、たかが妾ごときになぜそんなにもむきになられるのか……」

「まあ、それは王妃様にも言い分がございましょう。国王陛下のなさっていることは、平民なら鍋でぶん殴られても文句の言えぬ所業ですからね」

「そうなのか？」

「そうですよー」

王族や貴族は妾の一人や二人いても珍しくないのだろうが、姦淫は罪であるというエラルト神の教えに則り、平民は一夫一婦制だ。他の女と浮気をしようものなら、敬虔なエラルト教信者たちによって、村中引き回しの刑なのである。

案外女性の地位は、王族貴族より平民のほうが高いのかもしれない。

「それは怖いな……。母上など、あれでまだまだお優しいほうなのか」

性格の苛烈な王妃を怖がって、国王はあまり彼女の元へ足を向けないらしい。

そして王宮で愛妾にあてがった部屋に、毎夜通っておられるそうだ。

確かにそれでは王妃も辛かろうと、グレーテは思う。

浮気をした夫ではなく、その相手の女に対して憎しみが募るのは、妻の女性としての価値を否定された気になるからなのだと、時折家庭のお悩み相談室を兼ねていた診察室で聞いたことがある。

「お辛いと思いますよ。同じ女としては正直愛妾様への嫌がらせのひとつやふたつ、仕方がない気もしますねえ」

身分の高い方々も大変だなあ、とグレーテはしみじみと思った。

浮気をした夫を表立って責めることもできず、それどころか夫の浮気くらい寛容であるべきだと、周囲はおろか息子にまで諭され強いられるのだから。

「王妃様も国王陛下を鍋で殴られたらよろしいのに」

「母上のそういう姿はちょっと想像できないな……」

二人で顔を見合わせて、同時に吹き出し笑い合う。

「王族だの貴族だの、本当に面倒だ」

疲れた様子のマティアスの頭に、グレーテはそっと手を伸ばしてわしゃわしゃと撫でる。

マティアスは少し驚いた顔をして、それから気持ちよさそうに目を細めた。

柔らかな金の髪を撫でながら、まるで犬のようだと思う。

大きくてふわふわな、優しい犬。

マティアスと過ごす時間は、グレーテにとってかけがえのないものになっていた。

なんせグレーテが直接会える人間は、マティアスだけなのだから。

グレーテがマティアスに依存してしまうのも、世界の全てがマティアスになってしまうのも、致し方ないことだっただろう。

最近では彼のそばにいると、心臓がやたらとうるさい。

出会った頃よりもさらに低くなった声で名を呼ばれると、妙に下腹に響く。

優しい目で微笑まれると、きゅうっと胸が締め付けられて苦しくなる。

この病状を、医学書ではなくかつて読んでいた小説からグレーテは知っていた。


――――これは、おそらく恋だ。


（まあ、好きにならずにいられないわよね……）

マティアスを眺めながら、一人納得する。

グレーテとて、一応は花も恥じらう年頃の女の子なのである。

こんなにも素敵で、こんなにも大切にしてくれる男が毎日そばにいて、恋に落ちずにいられるわけがない。

これは生物学的にも仕方がないことだ。

異性に興味を持ち始める年頃の女性の、ごく正しい反応である。

身分が違うことなど百も承知だ。

この恋が叶うなど小指の先ほども思っていない。

だが悟られないように、こっそり心の中で想うことくらいは許されるだろう。

なんの期待もできない恋はいっそ潔《いさぎよ》く、ただ楽しい時間だけがあった。絶対に結ばれることがないのなら、相手に期待することも何かを求めることもしないですむ。

それはとても楽なことのように感じた。

なんせ過度な期待は、心身に良くない。

期待通りにいかない状態は、特に人を病ませるものだから。

だから、ただこの小さな恋を楽しむだけ。それでいい。成就など望んでいない。

(幽閉生活なのに、恋までできるなんて。私、随分と幸運なんじゃない？)

幽閉の日々に、潤いができていいことずくめだ。

いずれはマティアスも結婚して、幸せな家庭を築くだろう。

こうして毎日グレーテに会いに来ることも、難しくなるだろう。

(だから今だけは……)

彼と共に過ごせる時間を楽しもうと、グレーテは思った。

第三章　伴侶であるということ

気がつけばグレーテが塔で暮らし始めて一年以上が経っていた。

夜の数を数えるほどまめな性格ではないので、正しい日付はわからない。

ただ肌に感じる気温で季節が一周したことはわかるから、たぶんそれくらいだろうというだけの話だ。

相変わらず外には出られないものの、のうのうと何不自由のない生活を送っている。

適切な食事と十分な睡眠を与えられたため、薬師時代に荒れていた肌がつるつるになったうえに、幽閉されて太陽に当たらないせいで、雪のように真っ白になった。

高価な薔薇《ばら》の香油と馬の毛のブラシで毎日せっせと梳《くしけず》っている銀髪は艶やかに輝き、背中に流れている。

暇すぎて、これまでになく自分に手と時間をかけた結果である。

(誰これ……?)

鏡台の前に立つと、まるで物語に出てきそうな儚げなお姫様が映っていて、時折自分でもびっくりしてしまうほどだ。

そう、磨けば人は輝くのである。美とは環境が作るのだ。

『お前はまるで、雪の精霊のようだな』

などと言って、時折マティアスが眩《まぶ》しげにこちらを見ているのも、まあ理解できる。

確かに全体的に白いので、さぞかし目に眩しかろう。

グレーテがうっとり鏡の中に映る自分を見ていると、階段を登る足音が聞こえてきた。

(マティアス様だ……!)

そもそもここには食事や洗濯物を運んでくる侍女以外、マティアスしか寄ってこないため、誰かなどと考えるまでもないのだが。

グレーテは慌てて立ち上がり、そそくさと身だしなみを整える。

マティアスの前では、少しでも綺麗な姿でいたいからだ。

これこそ恋の醍醐味というやつである。

それにしても彼の階段を駆け上がる足音が、いつもよりドタバタと激しい気がする。

鉄の扉の向こう側から聞こえるのだから、相当なものだろう。

(何かあったのかな……？)

心配になったグレーテは、彼を扉の前で待つことにした。

やがて忙《せわ》しなく鍵が外され、大きな音を立てて扉が開かれる。

「グレーテ！　これはどういうことだ……！」

「はい？　今度は突然いったいなんですか……!?」

そして部屋に入ってきたマティアスに詰問《きつもん》されて、グレーテは驚き目を見開く。

マティアスの顔は酷く青ざめ、全身は汗だくになっていた。

どこか悲愴感漂うその様子に、何があったのかとグレーテも怯《おび》える。

「そんなに焦って、どうなさったんです？」

グレーテが恐る恐る聞けば、彼は顔を歪めしばし逡巡した後、ようやく口を開いた。

「た、勃《た》たないんだ……」

「な、なにがですか……？」

「しかもとんでもない激痛が……」

「……激痛ですか？　どこかお体の調子が……」

マティアスの顔が苦しげに歪む。

心配になったグレーテが走り寄ると、マティアスは突然グレーテをがばりと抱きしめた。

挙げ句の果てにグレーテの銀の髪に鼻先をつっこんで、すんすんと匂いを嗅いでいる。

「…………！」

昨夜湯で体を洗ったばかりだから、たぶん大丈夫だとは思うが。

執拗に体の匂いを嗅がれるのは、やはりいい気はしない。

「や、やめてくださいぃ……！」

「……勃った」

「ですから何がですかぁ……!?」

マティアスが心底安堵したように言うから、いったい何事かとグレーテは呆れ。

そこで己の下腹あたりに押し付けられ、その存在を主張している硬くて熱い棒状のものに気づいた。

（……え？）

一瞬グレーテの中にかろうじて残っていた乙女心が恥じらって、思考が真っ白になったが、なんとか元医療従事者として気合いで我に返る。恥ずかしがっている場合ではない。

これは、そう、あれだ。

医学的に言うならば、男性器というやつである。

つまりマティアスは今グレーテを使って、己が勃起するかを確認していたということか。

（いったい何をしていらっしゃるので……!?）

グレーテは思わず、声なき悲鳴を上げた。

ここは興奮してもらって嬉しいと思うべきか、ふざけるなと怒るべきか。

困惑し固まってしまったグレーテから、マティアスはそっと体を離した。

グレーテは思わず視線を下に向け、彼の股間をじっくりと見てしまいそうになり、慌てて視線を逸らす。

「……それで。何があったんです？」

ようやく落ち着いたらしいマティアスが、ぐったりとグレーテの寝台に座り込む。

「……母上が、そろそろお前も閨の手ほどきを受けろとしつこくてな……」

なんでも弟王子は十代半ばでその手ほどきをとっくに受けており、すでにそういった関係にあるご婦人も幾人かいるらしい。お盛んなことである。

さすが王族とグレーテが若干引いていると、マティアスが苦々しく顔を歪めた。

マティアスも本来ならば、異母弟と同じ歳くらいには閨の手ほどきとやらを受けているべきだったのだが、その年齢の頃の彼は終わりの見えない闘病生活を送っており、とてもではないがそんなものを受けている余裕はなかった。

だがこの度めでたく全快したため、ならば王族として当然のこととして受けるべきでは、という話になったらしい。

潔癖なマティアスは必要ないと断ったが、母が彼の部屋へ勝手に女性を送り込んできたのだという。

「部屋で寝ていたら、母上が手配した伯爵家の若き未亡人が、勝手に僕の寝台の中に入ってきて……」

湧き上がる嫌悪感を押し殺し、これは王族の義務なのだと己に言い聞かせて、マティアスは寝台に全裸で寝そべった未亡人を見た。

だがマティアスのそこは、凹凸の素晴《すば》らしい肉体の未亡人を前にしても、ぴくりともしなかったらしい。反応のないマティアスに業《ごう》を煮やした彼女が彼にのしかかってきて、その肌に触れた瞬間。

マティアスの股間を、筆舌に尽くし難い強烈な痛みが襲ったのだという。

「……あまりの痛みに、意識を失うかと思った……」

「ひぃっ…………」

ずっと長い間、不治の病の痛みに耐え続けたマティアスをもってしても、筆舌に尽くし難い痛みとは。

いったいどれほどのものかと、話を聞いたグレーテは震え上がった。

その痛みを思い出してしまったのか、マティアスの額に脂汗が浮いている。

彼の股間は本当に大丈夫だろうかと、心配になってしまった。

突然体調が悪くなったといって、マティアスはその場で蹲り、伯爵家の未亡人に丁重にお帰りいただき、動けるようになってからすぐにこの塔を登ってきたのだという。

「……なぜこんなことになったのか。考えたらその原因は『伴侶魔法』しか思い浮かばなかった……」

「…………」

（あの日見た魔法陣に、伴侶……貞節……生命……共有……って書かれてたわよね。『貞節』ってところが何か怪《あや》しいわね……）

思考と共に、グレーテの目がわずかに宙を泳いだ。それを見逃さなかったマティアスは、立ち上がってグレーテを壁際までじわじわと追い込む。

「何か……知っているな？　グレーテ」

「いえいえ、そんな滅相《めっそう》もない……」

「……吐け」

「ひいっ……！」

壁とマティアスの腕の間に閉じ込められ、瞳孔が開き切った目で凄《すご》まれ、グレーテは震え上がった。

隠したところで彼の体が治るわけではない。グレーテは観念して口を開く。

「ええと……宰相閣下の家に伝わるという、伴侶魔法の魔術書をお借りできますか……？」

「なんでだ？」

「魔法陣に書かれていた内容に、少々心当たりが……」

魔法陣に書かれていたのは、かつて母に教えられた文字だ。

母は診療録《カルテ》を患者に勝手に読み解かれないように使用している文字だなどと適当なことを言っていたが、おそらくは代々魔女の家系に伝えられてきた、魔術を使用するための文字なのだろうと、グレーテは推測していた。

（魔女や魔法使いが作って遺《のこ》した、魔力を操る文字ということね）

自分が魔女の血を引く子孫であるということを、グレーテはもう疑ってはいなかった。

あのときは大きく描かれた文字しか読み解けなかったが、しっかり細かに魔法陣を読み込めば、今回の原因がわかるかもしれない。

翌日マティアスは、『伴侶魔法』の魔法陣の精密な写しを持ってきた。

魔術書はファイネン公爵家門外不出の品らしく、持ち出しはできなかったらしい。

確かにそんなものが公爵家にあると神殿に知られたら、面倒なことになるだろう。

テーブルの上に魔法陣の描かれた紙を広げ、グレーテは読み解いていく。

「ここに『貞節』と書かれており、その下に命令式がありますね。伴侶は魔女に対し貞節を守るべし。不貞には厳罰を与えると。その罰とやらがおそらくこか……失礼、局部の激痛かと思われます。つまり伴侶魔法をかけられると、魔女と同じ寿命を得られる代わりに魔女以外とはそういった関係を結べなくなる、ということですね」

グレーテの説明を聞いているうちに、マティアスの顔がみるみる青ざめていく。

それはつまり、彼は結婚することも、後継を残すことも難しいということだ。

――グレーテ以外とは。

「なんでも、伴侶が浮気した場合は、あそこが捥《も》げる仕様のようです」

「も、もげる……」

「ええ。つまり浮気男は捥げてしまえってことですね！」

言い辛いことを誤魔化《ごまか》すように元気よく言えば、マティアスがそのときのことを思い出したのかなにやら内股になった。

その未亡人と実際どこまでやったかはわからないが、未遂だったために捥げるまではいかなかったようだ。

さらには昨日グレーテを抱きしめて起動確認もしているので、生殖機能自体はたぶん大丈夫だろう。

「そんな……では僕はどうしたら……」

いずれは彼も正しく妻を持ち、子供を得るつもりだったのだろう。

国王になる以上、それは義務だからだ。

グレーテは、痛ましげに彼を見つめる。

彼女の中に彼を憐《あわ》れむ気持ちと、わずかながらこの仕組みを喜ぶ気持ちがあった。

(……最低だ。私)

誰のものにもなれないマティアスの不幸を喜ぶなんて。

もともと己を善人などとは思っていないが、まさか自分の中にこんなにも利己的で醜《みにく》いやらしい感情があるとは。

グレーテは自己嫌悪から、顔を俯《うつむ》かせてしまった。

「……すまない。お前のせいではないのに」

手で顔を覆ったままのマティアスから、苦しげな声が漏れた。

本当に公正な人だと思う。

　こんな状況なら、憤りのままにグレーテを罵倒したって、許されると思うのに。

「王族だというのに、僕はずっと童貞《どうてい》のままなのか……」

「あ、あの、私もここに閉じ込められている以上結婚ができないので、ここはなんとかおあいこということで……！」

　必死に取りなすグレーテだが、おあいこなどになるわけがない。

　なんせマティアスはこの国の王子であり、グレーテはただの平民である。

　そもそもの命の価値が、全く違う。

「ええと、そうだ。今生きていられるだけでも幸運ってことでなんとか……！」

　グレーテは苦し紛れの言葉を吐いた。

　少なくとも、死ぬよりはマシだったと思うのだ。

　その価値観は、人によって違うのだろうが。

　生き汚いグレーテからすると、生きているだけでもありがたいことである。

「……つまりはお前も、僕以外の男には、触れられなくなってしまったということか」

　そして続く想定外の言葉に、グレーテはきょとんとした顔をした。

「私もマティアス様と同じように、伴侶以外の男性には触れることができなくなってしまうんですか？」

するとそれを聞いたマティアスも、きょとんとした顔をした。

「……え？　違うのか？」

「うーん。実はこの魔法陣、伴侶の不貞についての厳しい罰則はあっても、魔女の不貞についての罰則の記述はないんですよね」

「…………！」

「つまり魔女のほうは浮気し放題、ってことですかね」

「なん……だと……？」

「まあ、エラルト神の教えによると、魔女は淫蕩《いんとう》を好《この》むそうなので。伴侶の不貞は許さないけれども、自分の不貞はなんの問題もないのかもしれません」

「ず、ずるくないか？　それ……？」

「しかも魔女は魔力と経済力に問題ない限り、何人でも伴侶を抱えていいっぽいですね。ここの伴侶のスペルが複数形になっているので。どうやら魔女は、現在の王族や貴族の男性のような考えを持っていたようです」

その言葉に、マティアスは押し黙った。

確かにこの国の王侯貴族は女性の不貞には厳しいが、男性の不貞には比較的甘い。時に男の浮気は甲斐性だからと、推奨すらされるほどだ。

父と母と父の愛妾とのもめごとに巻き込まれたばかりのマティアスとしては、思うところがあったらしい。

「そ、それじゃ、お、お前も、ほ、他の男が欲しいのか……！」

なぜかおどおどと聞いてくるマティアスに、グレーテは首を傾げる。

今のところ、ありがたいことにそちらの方面は満たされている。

毎日飽きることなくせっせと自分に会いに来てくれる、素敵な王子様のおかげで。

「殿下がこうしてそばにいてくださるので、特には」

「そ、そうか」

マティアスがいれば十分だとグレーテが言えば、彼はまた顔を赤らめ俯いてしまった。

おそらくグレーテには、かつての魔女のような魔力はない。

そもそもマティアスに伴侶魔法をかけることができたこと自体が奇跡のようなものだ。

ここからさらに伴侶を増やすことはできないだろう。

「ただ正直なところ子供は欲しかったので、少し寂しくはありますね。自分の家族を持つことが夢だったので」

生涯をここで過ごすことが定められている以上、グレーテが結婚することは難しい。

さらに伴侶であるマティアスの子を産むことも、おそらく許されないだろう。

平民の、しかも魔女の血を引く子供だ。

誰からも望まれないであろうし、その子がどんな扱いを受けるかもわからない。

そんなことを考えていたら、必死に浮かべていた笑顔が引きつっていた。

ここにいること自体は、それほど嫌ではない。

もともと住んでいた村から追い出された身だ。どうせ帰るところなどないのだから。

けれども、だからこそ、叶えられない夢ができてしまった。

「子供……」

「母のようになりたかったんです」

マティアスが腕を下ろし、グレーテを解放する。

グレーテは笑って、壁とマティアスの間からすり抜けると長椅子に座った。

マティアスも当然のように、その横に座る。

この塔に来て、すでに一年近くが過ぎていた。

共に過ごす時間も長くなってきたからか、もはや言葉にしなくても通じ合うものがある。

「……母は私と同じように、薬師をしながら私を育ててくれました」

それからグレーテは母との幸せな日々を、マティアスに語った。

物心ついたときから、父はいなかった。

父は母の元患者で、グレーテが母の胎にいるときに病状が悪化し亡くなったのだという。

母一人娘一人の生活は、母に薬師としての収入があったため、苦しいものではなかった。

『やはり生きていくには手に職よ！』

母はそう言って、グレーテに薬学を叩き込んだ。

安定した収入は、人生の選択肢を増やしてくれるのだと言って。

グレーテも母に褒《ほ》めてほしくて、必死に知識を、技術を覚えた。

母はいつもグレーテが頑張ると、手放しに褒めてくれた。

『すごいわ！　さすがは私の娘ね！』

その笑顔に、ぬくもりに、どれほどグレーテが満たされたか。

母のようになりたいと、ずっと思っていた。

彼女は素晴らしい薬師で、遠いところからも患者がやってくるような人だった。

今思えば、母の薬はその材料に対して、効きすぎだったように思う。

母もまた、魔女の血を引いていたからだろう。

今になってみれば、グレーテの手が他人の痛みを和らげるように、母の手は調剤した薬の薬効《やっこう》を底上げしていたのではないかと考えている。

『――絶対に幸せになるのよ』

母はいつもグレーテを抱きしめて、そう言った。

この世界が決して優しい場所ではないことを、母は知っていた。

辺鄙《へんぴ》な田舎の村であっても、女世帯を見下す輩《やから》は多くいたし、美しい母を狙っている男も多くいた。

だが気の強い母はそれらを突っぱね、堂々と生きていた。

仕入れに行った街で貴族の馬車に轢かれ、あっさりその命を落とすまでは。

そしてグレーテは、亡くなった母の背を追って薬師になった。

いずれは好きな人と恋をして夫婦になって、子供を産んで母のような優しくて強い母親になって、夫や子供たちに愛情を注《そそ》ぎ生きていきたいと思っていた。

だがそんなささやかな夢は、この塔に閉じ込められることで失ってしまった。

グレーテが語る、失ってしまった未来の幸せな光景にマティアスは顔を歪ませる。

「……どうやら私の知っている『母』という存在と、お前の知っている『母』という存在は全く違うものらしい」

マティアスにとって、母は遠い存在だったのだという。

抱きしめられた記憶もなければ、大好きだと言われた記憶もないと。

ただ自分を王妃という地位に至らしめるための、駒《こま》。

「でも、王妃様はどんな手を使っても、殿下を助けたいと思っておられたんでしょう？」

「どうだかな。まあ、母上のお考えはすぐにわかるだろう」

これからマティアスは、母と宰相に今回の事の次第を全て話しに行くのだという。

「後継を作れないというのは、王位に就くものとして致命的な欠陥だからな」

マティアスの苦しげな表情に、グレーテの胸も焼けつくように痛む。

「他に、王族の血を引く方はいらっしゃらないんですか？」

「異母弟と叔父がいるが、彼らが王位に就けば、母と宰相の支配が及ばなくなる……」

実質王妃と宰相が、今この国を牛耳り動かしていると言っていい。

いずれマティアスが国王になれば、その権限を渡すと言っているがどうなることやら。

マティアスは、母に対し深い不信感を持っているようだ。

（それでも、母親なのに……）

――魔女の力を借りてでも、息子の命を長らえさせようとしたというのに。

「母にとって僕は、権力を握るための道具でしかない」

「そんなことは……」

ない、とはグレーテには言い切れなかった。たまたま自分の母は愛情深い人だったが、この世の全ての母親がそうとは限らないことを、薬師をしていた日々で知っていた。

貧しさは、惨《みじ》めさは、いとも簡単に人の心を歪ませる。

そしてその不満や憤りは、最も弱い者へと向きやすい。

親から暴力を受けて傷を負った子供たちを、グレーテは幾度も見て、治療してきた。

マティアスは手を伸ばし、グレーテの髪を撫でる。

「……これから母上と宰相の元へ行ってくる。待っていてくれ」

「……はい。いってらっしゃいませ」

まるでここがマティアスの家であるかのようなことを、グレーテは言ってしまった。

不快な思いをさせてしまったかと心配したが、むしろマティアスは驚いたように少し目を見開いた後、嬉しそうに笑った。

ここを出たらきっと敵ばかりなのだろう。グレーテの胸がまた苦しくなった。

「愚痴なら、いくらでも聞きますから……！」

グレーテのお悩み相談所は今や、マティアス専用なのだから。

マティアスは「ありがとう」と言って前を向くと、いつものように重い鉄の扉から出て行った。


それから丸一日、マティアスは塔に来なかった。

彼の来訪がこんなに空くのは、初めてのことだ。

どうなってしまったのかと、グレーテは気を揉んでいた。

ようやく憔悴《しょうすい》しきったマティアスがグレーテの元へやってきたのは、今まさに日付が変わろうとしている時刻で。

おそらく毎日会いに来るという約束を守るためだけに、彼はこの塔に登ってきたのだろう。

グレーテはマティアスに走り寄ると、心配そうに彼の頬に手を伸ばした。

だが、届く前にその指先を手で握り込まれ、引き寄せられてぎゅうっと強く抱きしめられる。

硬い体がグレーテに押し付けられる。鍛えているのだろう、筋肉の感触。

少し体が軋《きし》んだがグレーテは文句を言わず、顔を上げてマティアスの顔を覗き込む。

彼が精神的に苦しい状況にあるのは見てとれた。

そんなときまで、無理はしないほうがいい。

「酷い顔ですよ……殿下。今日はもうお部屋にお戻りになって、お休みになられたほうがいいのでは……」

「……いやだ。ここでお前の呑気な顔を見ているほうが、ずっといい」

どうやら己の部屋には帰りたくないらしい。

マティアスは辛いときや苦しいときに、一人になりたくない性質《タイプ》なのかもしれない。

グレーテは逆で、誰にも無様な姿を見せずに一人で傷を癒やしたいので、放っておいてほしい性質だ。

心の癒やし方は、きっと人それぞれなのだろう。

マティアスを私室に戻すことを諦めたグレーテは、彼の背中に腕を回すと、とんとんと子供を寝かしつけるように優しく叩いた。

「大丈夫です。大丈夫ですよ」

そしてあやすように、そんななんの根拠もない言葉を吐く。

マティアスが決して孤独を感じないように。少なくとも自分がいることを伝えんとして。

しばらくそのままでいると、ゆっくりとマティアスの体から力が抜けていく。

マティアスが落ち着いた頃を見計らい、グレーテは彼の手を引いて寝台へと連れて行く。

「えいっ」

それから彼の肩に手を当てて、体重をかけて寝台に押し倒した。

マティアスは大きく目を見開き、されるがまま寝具の中に沈み込んだ。

「お疲れのようですし、少し休みましょう。ね？」

一刻だけでもいいからと、そう言ってグレーテがマティアスの上から退くと、彼はわずかに落胆したような表情をする。

「なんだ。一緒に寝てくれるんじゃないのか？」

「寝ませんよ。私はあなたを寝かしつけなきゃいけないんですから」

横たわるマティアスのそばに座り、彼の金の髪を優しく撫でると、グレーテは細い声で子守唄を歌い始めた。


——私の可愛い可愛いあなた。

お日様はまだまだ遠くよ。お月様がお空にいるわ。

ほら、その目を閉じて、もうおやすみなさい——


グレーテの歌声に、マティアスが目を細める。

「……いい歌だな。なんという歌だ？」

この国では昔からよく歌われている歌だが、どうやらマティアスは知らないらしい。

「子守唄です。子供の幸せな眠りを願う歌ですよ」

「……幸せな眠りを」

マティアスは小さく唇を噛み締め、細く長く、震える息を吐いた。

「――そうか。僕は幸せな眠りを願ってはもらえなかったのだな」

人として永遠の眠りにつくことすら、許してもらえなかった、と。

「……殿下」

「……母上は、怒り狂っておられたよ」

『伴侶魔法』の呪いを知った王妃は顔を青ざめさせ、感情的に泣き叫び、『そんなことは聞いていない』『あなたのせいよ』と同席した宰相を責め立てたのだという。

『後継が作れないなんて！　それじゃあ生き残った意味がないじゃない……！』

そうマティアスを頭から罵り、イライラと美しく整えられた爪を噛んだ。

宰相もまた話を聞いて少々驚いたようだが、『まあ、外法《げほう》を使った時点で、なんらかの代償はあるだろうと思っておりました』などと、のうのうと宣《のたま》った。

『生きてさえいればいい、そうおっしゃったのはあなたでしょう？　王妃様。私を責めるのはお門違いというものです』

それを聞いたグレーテの中で、彼を殴りたい欲求がさらに増した。

どうしてそれを平然とマティアスの前で言うのか。彼が傷つくとは思わないのか。

「……母上にとって、僕はどうやら欠陥品らしい」

マティアスの声が、小さく震える。けれども彼の目は乾いていた。

王太子としての矜持だろうか。人前では泣けないらしい。

だからグレーテは、彼の代わりに涙をこぼした。

「……なぜお前が泣く？　僕を憐れんでいるのか？」

「なんでかはわからないんですけど、出ちゃうんですよぅ……！」

静かな塔の上で、グレーテの嗚咽だけが響く。

マティアスは手を伸ばし、グレーテの腕を掴み引っ張った。

体勢を崩したグレーテが、マティアスの体の上に倒れ込む。

「きゃっ！」

グレーテの細い背中に、マティアスの腕が回され、とんとんと優しく等間隔で叩かれた。

どうやら彼は、このままグレーテを寝かしつける気らしい。さっきと逆になってしまったとグレーテは小さく笑い、逆らわずに彼の胸元に頬を寄せた。

すると彼の心臓の音が、耳に大きく響く。

ドコドコと、心配になってしまうほどの心拍数だ。

（だ、大丈夫なの……？）

こんなにも心拍数が上がってしまうほど、彼は追い詰められているのか。

グレーテは余計に悲しくなって、さらに涙を溢れさせる。

まさか自分が彼の鼓動を激しくさせているなどと、グレーテは微塵《みじん》も考えていなかった。

マティアスの唇がグレーテの目元に寄せられ、溢れた涙を吸い取っていく。

あまりのことに、驚きでグレーテの涙が引っ込んだ。

「よし、泣きやんだな？」

悪戯《いたずら》っぽく笑うマティアスに、グレーテは小さく唇を尖《とが》らせる。

するとの可愛らしく尖った唇に、マティアスは躊躇《ちゅうちょ》なく己の唇を重ね合わせた。

「――っ！」

これは口づけだ。それも親愛ではなく、男女の性的な。

グレーテの中で、警鐘《けいしょう》が鳴る。――これ以上はいけないと。

なんせ今、グレーテを抱きしめている男は、この国の未来の王だ。

本来ならば決して手が届かない、天上の人。

だから、友情のままがいいのだとわかっていた。

男と女になれば、先にあるのは悲劇、もしくは破滅のみだ。

――それでもグレーテは、抗うことはできなかった。

柔らかなぬくもりに、止まったはずの涙がまた溢れ出す。

マティアスの唇が、グレーテの唇に触れては離れてを繰り返す。
そのたびに、グレーテの中で喜びと寂しさが繰り返される。
このまま続けてほしいと、女としてのグレーテが浅ましくも望むのだ。
そんな彼女の物欲しげな視線に気づいたのかもしれない。
マティアスがさらに深くグレーテの唇を咥え込んだ。
ぬるりと熱いものが、口腔内に入り込んでくる。
「ふうんっ……んん……！」
思わずくぐもった声が漏れる。
グレーテの口腔内に入ってきたのは、マティアスの舌だ。
（えええ……！）
これはもう言い訳のしようがない、完全なる性愛の口づけである。
どうしてこんなことに、と混乱する頭の中で、ふと冷静な声が聞こえた。
——これは、仕方がないことなのだと。
マティアスが触れることができる女は、もはやグレーテだけである。
つまりは彼の性的な欲求を満たすことができるのもまた、グレーテだけだ。
だったらこの行為を、自分は受け入れるべきなのではないだろうか。

強張ったグレーテの体から、力が抜けた。
それを同意と取ったのか、マティアスの舌がさらに執拗にグレーテの内側を探る。
舌を絡め、歯の形を確かめ、喉の奥をくすぐり。
グレーテの口角から、飲み込みきれなかった唾液がこぼれ落ちた。
さんざん貪《むさぼ》られ、酸欠と性的な興奮によりグレーテの思考がぼやけたところで。
マティアスの手が、グレーテの着ていたシュミーズドレスにかかった。
このドレスの着脱は、非常に容易い。
腰の高い位置にあるリボンを解けば、あっという間に脱げてしまう。
ぼやける思考を叱咤《しった》して、グレーテは己の体に触れるマティアスの手を握った。
（さ、さすがにこれ以上は……！）
「だめです……」
首を振って拒絶すれば、マティアスの顔が面白くなさそうに歪んだ。
「どうしてダメなんだ？」
「だって、絶対に後悔なさいます！」
――グレーテは、魔女だ。
自分自身は普通の人間であると認識していたが、周囲はそう思ってはくれない。

実際にグレーテの伴侶魔法により、生きながらえているマティアスがその証拠だ。

そんな魔女と交わることは、敬虔なエラルト教徒であろうマティアスには、生涯に及ぶ耐え難い瑕疵《かし》になりかねない。

さらには子供ができてしまったら。その子の未来を思えば、絶望で震える。

「後悔などしない。……するわけがない」

まるで自分に言い聞かせるように、マティアスが言う。

「よくお考えください。一時の欲求に身を任せてはいけません」

取り返しのつかないことになってしまうと、グレーテは警告する。

だがマティアスは一気にグレーテの着ていたシュミーズドレスを脱がせると、寝台の下へ放り投げてしまった。

グレーテの真っ白な肌が、マティアスの緑眼に晒される。

「殿下……！　まだ引き返せます！　どうか……！」

グレーテは必死にマティアスの手を拒んだ。

本当は抱かれてしまいたいと思いながら、それでも彼の心を守るために。

するとマティアスは胸元から小瓶《こびん》を取り出し、その中身を己の口に含んだ。

そしてグレーテを押さえつけ口づけると、その液体を彼女の内側に注ぎ込む。

薬師であったグレーテの舌が、勝手にその成分を正しく分析する。

（——正しく避妊薬の配合。しかも使われている素材も一級品）

避妊薬は薬師として最もよく配合した薬だ。忘れるわけがない。

「……閨の手ほどきをしてもらう予定だった伯爵夫人に、飲ませるはずだったものだ」

確かに閨の教師を、孕《はら》ませるわけにはいかないだろう。

そしてそれを飲ませたということは、マティアスは閨の手ほどきをグレーテにさせるつもりなのだろう。

「……僕はお前しか抱けないんだ。仕方がないだろう？」

そんな酷いことを言いながら、マティアスは照れたように目元を赤くした。

全てが国家機密のような愚痴を、ここで吐いていくくらいだ。

この塔の中で起きたことは、決して外には漏れないと考えていい。

つまりマティアスは塔を、そしてグレーテを、彼の中に溜め込んだものを吐き出す場所と考えているのかもしれない。

一度くらい女に触れてみたいという、彼の気持ちもわからなくもない。

グレーテだって、マティアスに触れてみたいと思うのだから。

——ただそこに、相手への恋愛感情があるかないかの違いがあるだけで。

「わかりました……」

避妊薬を与えてくれるなら、妊娠する危険もない。

ならばここで二人、互いを慰《なぐさ》め合うくらいいいだろう。

グレーテは諦めて手を伸ばし、マティアスの背中に手を這わせる。

思った以上に鍛えられた硬い筋肉を感じ、緊張する。

彼の唇が、またグレーテの唇に落ちてくる。グレーテはそれを、素直に受け入れた。

今度はすぐに舌が差し込まれ、グレーテの舌を絡め取る。

「んっ……あ……」

息継ぎが上手くできず、悩ましげな声が漏れてしまう。

その間にマティアスの手のひらが、グレーテの乳房を包み込む。

やわやわと揉み上げられ、くすぐったさに身を捩《よじ》るが、寝台に体重をかけて押し付けられているために動くことができない。

そして指先で胸の頂をさすられ、くすぐったさとは違う明確な感覚に、グレーテの腰が小さく跳ねた。

マティアスがグレーテの唇を解放し、上体を起こして彼女の体をじっくりと見つめる。

大きくもなければ小さくもないグレーテの胸に目を細め、薄紅色に色づいた円を指先でくるくると辿る。

男性に肌を曝《さら》け出すことなどもちろん初めてで、グレーテを猛烈な羞恥が襲った。

「み、見ないでください……！　そんな大したものじゃないので!!」

なんとなくいつもの調子でマティアスに馬鹿にされるのが嫌で、グレーテは自虐的なことをあえて言った。

グレーテは他人に貶《おとし》められる前に、わざと自分を前もって貶《おとし》めておく癖《くせ》があった。

他人に貶められるより、自分で自分自身を貶めたほうがマシだからだ。

自虐をしておけば、さらには貶めてはこないだろうという、浅ましい防衛本能。

むしろ言うほどではないと、逆に励ましてもらえることもある。

「……僕は、お前を美しいと思うが」

だがマティアスから返ってきたのは、純粋な賛辞だった。

せいぜい『思ったよりはマシ』程度の返答が返ってくるだろうと思っていたグレーテは、あっけに取られてしまった。

ぽかんとした顔で、マティアスを見つめていたからだろう。

彼は頬を赤らめ、そっぽを向いた。

「――グレーテ。お前は、綺麗だ」

それでもさらに断言されて、グレーテの目から、涙がこぼれた。

——ああ、なんと罪深い男だろう。

互いに性欲を発散するためだけに肌を重ねるのだと、そう思えば割り切れただろうに。

まるで恋する女と初めて抱き合うような、そんな雰囲気を作らないでほしい。

「だからなんで泣くんだ？」

「……そのご尊顔で、そんな甘い台詞《セリフ》を吐かれたら、女は涙が出てしまうものなのですよ！　なんて罪深い！」

「そ、そうなのか……」

戯けて誤魔化して、グレーテは泣き笑いのような表情を浮かべた。

「殿下も服を脱いでください！　私だけ裸で恥ずかしい思いをするのは不公平です！」

せいぜいマティアスも、恥ずかしい思いをすればいいのだ。

自分だけこんな羞恥に耐えねばならないのは、納得ができない。

「どんな理論だ……」

するとマティアスは呆れたように笑い、それから身につけていた服を脱ぎ出す。

徐々に顕《あらわ》になる彼の肌に、グレーテの心臓がバクバクと早鐘のように打ちつける。

だが一方で、冷静に医療従事者の目線で彼の体を検診してしまう自分がいた。

（――うん。どうやらもう、大丈夫そう）

無事、病は完治したようだ。グレーテは安堵する。

しかもマティアスは、思ったよりも体を鍛えているらしい。

彼が纏《まと》っているしなやかな筋肉は、思わず見惚れてしまうほど美しい。

「……お前こそ、そんなに見るな」

「見られると恥ずかしいでしょう？」

「……ああ、確かにこれは恥ずかしいな」

マティアスは顔を赤らめ、照れたように鼻の頭を指先で掻《か》いた。

どうやらグレーテの意趣返しは成功したらしい。

それにしても見れば見るほど彼の体は美しく、ちっともいやらしさを感じない。

「……私も殿下を美しいと思います」

グレーテが目を細めてうっとりとマティアスを見つめると、彼の顔がさらに赤くなった。

その顔が可愛くて、もっと見ていたくて。調子に乗ったグレーテは、さらに言い募る。

「血色もいいですし、筋肉量も適正です。肌艶、髪艶も問題なし。白目も綺麗。健康そうで何よりです！」

うっかり完全に医療従事者の視点だった。それを聞いたマティアスが固まる。

追加で褒めたつもりが、どうやら逆効果であったらしい。

マティアスの顔の赤みが、目に見えるほどに一気に引いた。

そして顔を歪ませ、嗜虐的な笑みを浮かべた。

「ああ、そんなことだろうとは思っていたよ。わずかばかりでもお前に期待した僕が馬鹿だった」

どうやらグレーテは壊滅的に何かを間違えたようだ。マティアスの目が凶悪な色を宿す。

そしてマティアスはとうとう下穿きまでをも脱ぎ捨てた。

そこに見える男性の象徴に、グレーテは思わず大きく目を見開いてしまった。

薬師としてその場所を見ることは、初めてではない。

だがこんな邪《よこしま》な気持ちを持って見ることは、初めてだったのだ。

(すごい……あんなに大きく反《そ》り立って……)

こんなに立派なものを見ることも、初めてだった。

あんなものが自分の中に入るのだろうか。そう、物理的に。

(無理なのでは……!?)

グレーテは率直に思った。麗しき王太子殿下の股間にあんな凶悪なものがついているだなんて、誰が思うだろうか。

（いや、きっと大丈夫。いざとなれば女性の膣《ちつ》は赤ん坊だって通るんだから……！）

「お前……そんなまじまじと見るなよ……」

呆れたような声に、グレーテは正気に戻った。

あまりにも無遠慮に、むしろ食い入るようにマティアスの股間を凝視してしまった。

「すみません。つい……」

乙女にあるまじき行動である。さすがのグレーテも反省した。

マティアスがまた、グレーテに手を伸ばす。

そして一度強く抱きしめた後、先ほどさんざん吸われたがためにぽってりとした唇を優しく触れ合わせる。

やがてマティアスの手が、グレーテの肌を滑り出す。

確かめるようにその線を辿り、胸のわずかな膨らみを柔らかく揉み上げる。

「や、くすぐった……。んん」

マティアスの手が微かに触れるたびに、胸の先端に甘い疼きが走る。

ちらりと見てみれば、そこは触ってほしげに色を増し、ツンと勃ち上がっていた。

うずうずと掻痒感《そうようかん》に似た感覚があった。グレーテはもじもじと体を捩らせる。

「ここ、ぷっくりと膨らんでいるな」

楽しそうにマティアスが言って、胸の頂を指先で弾いた。

「ひゃあ……！」

欲しかった場所に欲しかった刺激を与えられ、グレーテは小さく体を跳ねさせて眉を下げる。

思った以上に気持ちがいい。自分の体はいったいどうなってしまったのか。

マティアスの指先が、色づいた縁をくるりと回り、硬く痼ったその頂を優しく撫でた。

「んっ……んんっ」

そのたびにグレーテはビクビクと体を震わせる。気持ちがいいことはいいのだが、優しすぎて物足りなくなってくる。

（もっと強い刺激が欲しい……）

そんなことを思い、そんなことを思ってしまった自分に驚く。

「でんか……」

そしてマティアスを呼べば、どこか媚びを含んだ声音になってしまった。

すると彼は、指先でグレーテの胸の頂を摘み上げる。

「あっ……！」

待ち望んだ強い刺激に、グレーテは快感のあまり声を漏らす。

不思議と下腹までもが内側にきゅうっと収縮する。

グレーテの反応に気を良くしたらしいマティアスは、さらにグレーテの胸の尖《とが》りを指の腹で摩り、押し込み、摘み上げた。

「や、ああっ……！」

思わずグレーテは背中を反らし、身悶える。

するとマティアスは己に押し付けられた胸の先端に唇を寄せ、舌で舐め上げ、口に含み、歯を当てた。

熱く濡れた新たな刺激による強くわかりやすい快感に、グレーテは逃げようと身を捩る。

これ以上はおかしくなってしまう。こんなにも胸が性感帯だなんて、知らなかった。

人体にはまだまだ、グレーテの知らないことがあるようだ。

「グレーテ。お前も初めてのくせに、随分と感じやすい体をしているじゃないか。さすがは淫蕩の魔女だな」

あまりにも酷いマティアスの言葉に、グレーテの目に涙が浮かぶ。

悲しいのに、体はさらに熱を持って彼を欲しがってしまう。

だがマティアスはグレーテの涙に慌て、彼女の体から手を放す。

「……酷いです。私、淫乱《いんらん》魔女なんかじゃありません……」

「さ、さすがにそこまでは言っていないが。すまない。ついお前をいじめたくなって……」

確かに世の中には、そういった特殊な性癖の方もいるという話を聞いたことがあるが。残念ながらグレーテには被虐《ひぎゃく》趣味はない……はずだ。

「お前が感じやすいと、僕は嬉しいだけだ」

「本当ですか？　容易《チョロ》い女だとか馬鹿にしてたりしてませんか？」

「……しているわけがないだろう。僕だってお前に興奮しているんだからな」

言われてみれば確かに、マティアスのものは大きく勃ち上がりくっきりと血管が浮き出ており、先端からはとろりとした透明の先走りが滲み出ている。

「……確かに」

「だからそうまじまじと見るな……！　お前には恥じらいはないのか……！」

薬師だったグレーテは診察のため人の裸を見ることに抵抗がなく、それどころかまたしてもうっかり医学的興味で食い入るように見てしまった。

「すみません。つい」

「……頼むから黙っていてくれ……気が削《そ》がれる……」

なにやらマティアスが可哀想になってきてしまい、グレーテは大人しくしていることにした。どうやら自分には壊滅的に色気がないらしい。

マティアスが気を取り直し、またグレーテにのしかかってくる。

そしてよく鍛えられた腕をグレーテの脚の合間に差し込むと、大きく割り開かせた。

そのとき、くちゅり、と粘着質な水音がした。

月のものとは違う、何かが滲み出るような感覚があった。

（これが濡れるってことね……！）

おそらく口に出したら台無しになるだろうことを、グレーテは思った。

人生何事も経験である。この立場にならなければ、ずっと知らないままであっただろう。

マティアスの指が、両脚の間にある割れ目に触れた。

自分でもめったに触ることのないその場所に、マティアスが触れている。

そのことに、思った以上に衝撃を受けている自分がいた。

医療に携わっている以上、人間の生殖についても一通り学んでいる。

だからマティアスのその行動が、なんらおかしくないことはわかっているのだが。

知識と実体験では、全く違う話なのである。

やがてマティアスの指が、慎《つつ》ましやかにぴたりと閉じたその割れ目をなぞるように動いた。滲み出ている蜜で、彼の指が滑らかに動く。

「あ、ああ……」

強い快感に、グレーテの腰が震える。やがて割れ目にその指がつぷりと沈み込んだ。

そしてグレーテの内側をぬるぬると探り、やがて熱を持ち硬く痼った小さな突起を見つける。

「――っ!!」

あまりに強い快感に、グレーテは体をのけ反らせた。

グレーテの激しい反応に、マティアスが嗜虐的な笑みを浮かべた。

美しさも相まって凄みがあり、非常に怖い。

気分はすっかり肉食獣に襲われる前の、小動物である。

「やん、あ、あああ……！」

強い快感は、時に苦しい。堪えきれずグレーテは脚を閉じようとするが、その合間にマティアスの体が割り込み閉じることができない。

快感を逃がすことができず、グレーテは身を捩らせる。

だがマティアスは容赦なくその敏感な神経の塊を擦り、押し潰して、甚振《いたぶ》り続ける。

「や、あ……！　もう、だめ……ゆるしてください……！」

苦しさに思わずそれを与えている本人であるマティアスに、助けを求めてしまう。

だがもちろんマティアスが助けてくれるわけもなく。

むしろにっこりといい笑顔を浮かべ、彼はさらに執拗にグレーテの体を弄《もてあそ》び始めた。

逃がせぬ熱が下腹部に集まり、グレーテを苛む。

徐々に追い詰められ、何かが迫り来る。これまで感じたことがない感覚。

胎が内側に引き絞られるような、そして何かが弾けてしまいそうな。

「やあああ……！」

そして強めに陰核を押し潰された瞬間、凄《すさ》まじい快感の奔流がグレーテを襲った。

ビクビクと秘部が激しく脈動し、それに合わせてまるで陸に打ち上げられた魚のように体を跳ね上げてしまう。

だがマティアスに強く抱き込まれ快感を逃がすことができず、長い時間快感に翻弄《ほんろう》されて。

やがて掻痒感のようなものが、全身に広がった。

「……達したようだな」

そう呟いたマティアスの声がどこか自慢げで、ほんの少し腹立たしい。

荒い呼吸を整えながら、グレーテは快楽で潤んだ視界で、マティアスを睨《にら》んでやった。

だが彼はどこ吹く風だ。にやにやと嬉しそうに笑っている。

（それにしても、これが絶頂……）

これまた知識としては知っていたが、やはり知識と実体験では大いに違う。

（す、すごかった……）

口に出したらまた怒られそうで、グレーテは心の中で思うだけにした。

むしろこれに関しては口に出したらマティアスは喜んだのだが、このときのグレーテはまだ初心《うぶ》であった。

「ひっ……」

未だ細かく脈動を続けるグレーテの蜜口に、マティアスの指が差し込まれる。

何も受け入れたことのないそこは、マティアスの指一本でいっぱいいっぱいだ。

だがよく濡れているために、すんなりと彼の指を受け入れる。

そして押し広げるように膣壁を刺激された。まだ異物感しかない。

そのうち指は二本に増やされ、それらが滑らかに動くようになったところで。

「んぁっ……！」

指が引き抜かれ、グレーテは小さく声を上げた。

内側にぽかりとできた空洞を感じる。なぜか不思議と物足りないような、感覚。

その入り口に、熱く硬い何かが当てられる。

——それが、何かは知っていた。
グレーテはマティアスの目をまっすぐに見つめた。
(本当にこれでいいの……？)
一度繋がってしまえば、もう後戻りはできないのだ。
このままひとつになってしまいたい気もするし、彼を引き止めたい気もした。
「——マティアス様」
グレーテは初めて、彼を名で呼んだ。
マティアスの肩が、びくりと震えた。
そしてグレーテの頬を撫でると、滲むような笑顔を浮かべた。
「……いいんだ。グレーテ」
その目は、静謐《せいひつ》な覚悟を湛《たた》えていた。
ならばグレーテに、もう言うことはなかった。
手を伸ばし、マティアスの背中に這わせる。
病《や》み衰《おとろ》えていた頃に比べ、その背中にはしっかりと筋肉がついている。
(良かった……)
王太子だとか、魔女の伴侶だとか、そういう煩わしいことは横に置いておいて。

彼が今こうして生きていることに、グレーテは感謝する。

マティアスがぐっと息を詰め、腰を進めた。グレーテの中を割り開いてくるもの。

（やっぱり痛い……！）

わかってはいたが、痛いものは痛いのである。

マティアスの顔が近づいてきて、グレーテの唇を喰《は》む。

どうやら知らぬ間に、唇を噛み締めていたらしい。マティアスはそれをやめさせようとしたのだろう。

意識的に呼吸をして、痛みに強張りそうになる体から、必死に力を抜く。

マティアスはゆっくりと腰を進めていく。

彼の額には玉のような汗が浮いていた。

少しでもグレーテの負担を軽くしようとしているのだろう。

（ひと思いにやってしまえばいいのに……）

そのほうが、むしろ楽な気がする。

だが必死なマティアスの表情を見ていると、それを口に出すのは憚《はばか》られた。

優しい人だ。ただの性欲処理の相手にさえ、こんなにも心を砕いてくれる。

長い時間をかけ、ようやく互いの腰が当たり、完全に繋がり合ったことを知る。

「全部……入った」

深く長い息を吐いてから、マティアスは万感を込めたような小さな声を漏らした。

痛みは痛みとしてあり、骨盤が軋んでいるような気もするが、グレーテもまた不思議と
これまで感じたことのない充足感に包まれていた。

「……大丈夫か？」

汗に塗れたグレーテの前髪を掻き上げ、額に口づけを落とし、マティアスが気遣わしげ
に聞いてくる。

正直に言って大丈夫ではないが、グレーテは頷いた。

少しでも、彼の心の重荷を軽減させたかったのだ。


「――僕はきっと、地獄に落ちるのだろうな」

マティアスはグレーテを掻き抱くと、皮肉げに小さく笑ってそう言った。

神の教えに逆らい魔の力で生き延び、さらには魔女の伴侶となり。

今、まさに魔女と交わっている。

全てがエラルト教の教典に曰《いわ》く、地獄に落ちる行いだ。

だがやはり不思議とその声に、悔恨《かいこん》の響きはなかった。

ただ事実として、淡々と受け入れているだけなのだろう。

グレーテは痛みを堪えながら手を伸ばし、慰めるようにマティアスの金色の髪を撫でた。


「……それなら私も魔女なので、間違いなく地獄行きですね」


ただ魔女であるというだけで、グレーテは実に人畜無害に生きていると思うのだが。

本当にエラルト神が実在し、魔女はすべからく地獄に落とすというのなら、まあ仕方がない。

正直なところマティアスのような素晴らしい人に不治の病を与えるあたり、神の存在そのものに対してグレーテは懐疑的《かいぎてき》になってしまったが。

「一緒なら、きっとそこまで怖くないですよ」

そう言って呑気にへらりと笑うグレーテを、マティアスは縋り付くように掻き抱いて小さく嗚咽を漏らす。

それからグレーテの唇に、己の唇を触れさせた。

――まるで、許しを乞うように。

「んあ……！」

そのまま激しく揺さぶられ、グレーテは鋭い痛みとわずかな快感に声を上げた。

「ああ、グレーテ……」

赦《ゆる》しを乞うように、マティアスはグレーテの名を呼ぶ。

全てを受け入れるように、グレーテはマティアスの腰に脚を絡めた。

するとマティアスの抽送が、さらに激しさを増す。

やがて一際深くグレーテを穿《うが》つと、息を詰め、その欲を吐き出した。

己の体の奥に広がっていく熱に、グレーテは目を細める。

ひくひくと脈動を繰り返しているのは、果たしてどちらのものなのか。

グレーテはぼうっとした頭で、そんなどうでもいいことを考えていた。

全てを出し切るように何度かグレーテの中で己を扱いた後、マティアスの体がそっと落ちてくる。

全身に感じる彼の重みが、妙に心地よい。

繋がったまま汗ばんだ肌が重なり合って、まるでひとつになってしまったような錯覚を覚える。

（それはそれで、幸せなのかもしれない……）

命だけではなく体も共有してしまえば、ずっとマティアスのそばにいられる。

まさに彼が苦しみもがいているときに、その心を支えることができる。

ここで彼をただ待っているよりも、きっとずっといいだろう。

やがて息が整ったところで、マティアスが上体を起こしグレーテの中から出ていく。

空洞になってしまったそこを、不思議と寂しく感じる。

そしてマティアスは、そのまままころりとグレーテの横に寝そべった。

それから手を伸ばし、汗で重くなったグレーテの髪を優しく撫でる。

地肌を滑る彼の指先が心地よくて、グレーテは目を細めた。

「──なあ、グレーテ。もう一度、歌ってくれないか」

そして突然そう乞われて、なんのことかと首を傾げれば、マティアスは不満げに小さく唇を尖らせる。

「さっき歌っていた、子守唄というやつだ。……お前の歌声は、悪くない」

相変わらず素直じゃないな、と思いながらグレーテは体を起こす。

下腹にじくじくとした鈍痛《どんつう》があるが、我慢できる範囲だ。

先ほどまで彼がそこにいたのだと思うと、ずくんとまた体が甘く疼いた。

（……わあ……）

今まで知らなかった感覚に、これがいわゆる『男の味を覚えた』というやつか、などとグレーテは、これまたどうしようもないことを考える。

それから舌で唇を濡らすと、わずかに掠れた声で子守唄を歌い出した。

大切な人の、優しい眠りを願う歌を。

決して上手くはないが、下手でもない微妙なグレーテの歌を聴きながら、マティアスは目を細める。

そしてそのまま子供のような顔で、眠ってしまった。

第四章　堕落する男

五感のうち、死の間際に最後まで残るのは聴力なのだという。

『どんな方法でもかまわないわ。なんとしても絶対にこの子を生かしなさい……！』

鎮痛《ちんつう》のための芥子の過剰摂取で朦朧とする頭で、マティアスは母のそんな言葉を聞いた。

マティアスはこれまでずっと、母に従順な息子であった。

母の望むままに学問を修め、剣を習い、常に優秀な王子であり続けた。

母は常に公務に社交にと忙しく、抱きしめてもらった記憶もない。

彼に接し、世話をするのは常に乳母であり、家庭教師であった。

若干の寂しさはあれど、そもそも王族貴族の子育てなど、そんなものだ。

だから特に不満に思うこともなかった。

『マティアスはいい子ね。わたくしの誇りよ』

ただ時折もらえる母のその言葉が嬉しくて、その言葉が欲しくて、マティアスは努力し続けていた。

この国の王妃である母は、遠い存在だった。

だからこそ、愛されたいと願ってしまった。

母が自慢に思ってくれるような息子でありたい。

マティアスにとって母から失望されることは、世界で一番怖いことであったのだ。

そんなマティアスだったが、ある日突然病に倒れた。

なんの前触れもなく、あまりにも唐突に、病はマティアスに襲いかかったのだ。

何をしても病状は悪化の一途を辿り、あっという間にマティアスは自分で歩くこともままならなくなった。

これまでの彼の努力は病によって、あまりにも容易く無に帰した。

何もできなくなり、ただ寝台で横になっているだけの日々。

全てが悔しくてたまらなかった。なぜ自分がこんな運命を与えられねばならないのか。

そんな中マティアスが病に倒れてから初めて、母が見舞いに来た。

母の気配を感じ喜んだマティアスは、残された力を振り絞り重い瞼をわずかに上げた。

うっすらと開いた目に映った母は、見る影もなく病み衰えた今にも死にそうな息子を忌々しげに見下ろしていた。

その目は、失望を湛えていた。

あんなにも恐れていた母の失望に、マティアスの心が震える。

母はいつも、マティアスに完璧を求めていた。

その期待に応えられなくなった息子は、もう必要ないのかもしれない。

「――これは、治るの？」

マティアスに意識がないと思っているのだろう。

目の前で、母は医師に問い質した。

医師はマティアスのほうを、ちらりと窺うように見る。

おそらくマティアス本人には、聞かせたくない内容なのだろう。

彼は、マティアスにわずかながら意識が残っていることを恐れているのだ。

だがしばしの逡巡《しゅんじゅん》の後、王妃たる母の圧に屈し、医師は言い辛そうに口を開く。

「……難しいかと」

その答えに、母は顔を手で覆って、深く長い失望の息を吐いた。

「なんてこと……」

自分に死の足音が近づいていることを、マティアスは薄々とは気づいていた。

けれどこうして医師の口から明確に伝えられたことで、はっきりと逃れられない事実として認識した途端、思った以上に衝撃を受けてしまった。

――自分はもう、助からないのだ。

わずかな希望も打ち砕かれ、マティアスは心の中で慟哭《どうこく》する。

だからこそ、なんとしても息子を生かせと感情的になって叫ぶ母の言葉を聞いたとき。

やはり自分はちゃんと母に愛されているのだと、安堵した。

母に命を惜しんでもらえたことが、素直に嬉しかった。

だが母の言葉に、医師たちは皆首を振った。これ以上は無理だと。

自分たちでは、王太子の命を救うことはできないと。

「いいからどうにかしてちょうだい！　この子が死んだら困るのよ！」

(母上……？)

そこでマティアスは母の言葉に、違和感を覚えた。

息子が哀れだから、苦しませたくないから、救いたいからではなく。

――ただ自分が困るからなんとかしろ、と。母がそう言っているように聞こえたのだ。

何もできない医師たちに怒鳴り散らし、激昂《げっこう》したまま部屋から叩き出して、母は深いため息を吐いた。

いつもは品良く微笑んでいる母のこれまで見たことがない感情的《ヒステリック》な姿に、マティアスは愕然とする。

「どうしたらいいの……!?　このままじゃ穢《けが》らわしいあの女の子供が王位につくことになってしまう……！　それだけは絶対に許せないわ」

そう言ってイライラと爪を嚙む母に、マティアスは愕然とし、そして絶望した。

(そうか。僕は愛されてなどいなかったんだな……)

思い返してみれば、母はいつだって口だけだった。

あれをしなさい、これをしなさい、全ては愛するあなたのためなのよ。

その一方で、母自身がマティアスのために何かをしてくれた記憶は、ほとんどない。

所詮マティアスの存在は、母にとって権力を手に入れるための手段にすぎなかったのだ。

(……僕の人生は、いったいなんだったのだろうか)

母の望むままに生きた、ただの傀儡。そのくせ途中で動かなくなった、不良品。

さぞかし母はマティアスに失望したことだろう。思いの外《ほか》使えなかったと。

朦朧とする頭でそんなことを考え、マティアスは一筋涙をこぼした。

医師も女官もマティアスの部屋から追い出され、最後にその場に残ったのは母の従兄弟であり、マティアスが伯従父《いとこおじ》として慕っていたこの国の宰相。

ファイネン公爵家の当主でもある、ツェザールだけだった。

「どうにかしてちょうだい！　ツェザール！　この子が死んだらあなただって困るでしょう！」

医師でもなんでもないツェザールに摑みかかり、泣き叫ぶ母。

実際マティアスが死ねば、父の愛妾の子である第二王子が王太子となることだろう。

異母弟は、ファイネン公爵家と対立している侯爵家が後見人となっている。

よってツェザールにとって、面白くない事態になることは間違いない。

ふむ、としばし思案した後、ツェザールは口を開いた。

「……ひとつだけ心当たりがございます」

「何か方法があるのね……！　さっさと教えなさい！」

母が身を乗り出して、ツェザールを問い詰める。

ツェザールもまた、マティアスが完全に意識を失っていると思ったのだろう。

この場で、そのまま言葉を続けた。

「……神が我らの声に応えないのなら、悪魔の手を借りるしかないでしょう」

その言葉を聞いた瞬間。ぞくり、とマティアスの背に冷たいものが走った。

悪魔の手を借りる。それはエラルト神への裏切り行為だ。

聖典においても教典においても、己の欲望を満たすために悪魔の力を借りた者は、天罰を受けて身を滅《ほろ》ぼしている。

敬虔なエラルト教徒であるマティアスには、到底受け入れ難い話だ。

「……どういうことなの？」

「実は我がファイネン公爵家には、二百年の長きを生きた、とある男の記録が残っておりましてね。その者は一切の病に罹《かか》らず、さらには大きな怪我をしても、死ななかったとか」

母の目が、期待に大きく見開かれる。

どうやら彼女は息子の身を魔の手に委《ゆだ》ねることに、まるで抵抗がないようだ。

「なぜその男は死ななかったの？」

「その者は、魔女の伴侶だったのだそうですよ」

こくり、と母が唾液を嚥下《えんげ》する音が聞こえた。

さすがに母としても『魔女』という言葉には、嫌悪感があるのだろう。

「魔女は気に入った人間の男を、己の伴侶にするのだとか。伴侶となった者は人の理《ことわり》から外れることになります」

（人の理を外れる……？）

嫌な予感がマティアスの胸を焼いた。

人の理を外れたら、自分はどうなってしまうのか。

「人間ではなくなり、魔女の眷属《けんぞく》となるということです」

人間ではないのなら、人間の病に侵されることもないという、簡単な論理。

だがさすがの母も、これは受け入れないだろうと思った。

自分の息子を魔女に捧げる、などと。

だがマティアスの母は、息子の想像を超えて悪辣であった。

「それはつまり、どんな病気でも治るということね」

王妃テレージアは涙を拭き、美しく笑った。

それさえ叶うのならば、なんだっていいのだと。

――息子がどうなろうが、かまわないのだと。

「ただし教典によると魔女の眷属となったマティアス様の魂は、死したのち、エラルト神の下へは行けなくなります。……それでも？」

『やめてくれ……！』

信心深いマティアスは、叫ぼうとした。

だが死の床にあるこの体では、喉から短い息が漏れるだけだった。


嫌だ。嫌だ。嫌だ。――――頼む、人として死なせてくれ。

敬虔な神の信徒のまま、どうか、天国の門をくぐらせてくれ。


だが母は大輪の薔薇のような微笑みを浮かべたまま、容赦なく答えた。

「やってちょうだい。この子が生きているように見えるだけでも、十分よ」

母は権力への執着を前に、己の息子が地獄に落ちることすら厭《いと》わなかった。

母のその言葉を聞いたときのマティアスの絶望は、計り知れない。

彼のささやかな願いは、人としての尊厳は、母の野望により踏み躙《にじ》られることになった。

それからのマティアスの日々は、まさしく地獄そのものだった。

いったいなんなのか考えたくもない赤い液体の中に、マティアスから抜いた血を混ぜたものをインクとして床に魔法陣が描かれ、そこの上に置かれた寝台に寝かせられた。

そしてさらに薄れた意識の中で、魔女と呼ばれる女性たちが次々に部屋に呼ばれては魔法陣を発動させるよう命じられ、それができなければ口封じで殺されていく姿を見た。

猛烈な血の臭いの中、近づく死を前に、マティアスの絶望は深まっていった。

エラルト神はきっと、こんなマティアスを決して赦すまい。

己の意思や希望のその一切を無視され、マティアスは死後も続く罪を背負わされてしまった。

また一人の魔女が首を切られて床に転がり、その死体が部屋の隅へと放り投げられる。

積み上げられていく魔女の死体の山を、マティアスはただ無感情で見ていた。

ややあってから扉が開く。どうやら次の犠牲者が来たようだ。

怯えた顔で部屋に入ってくるのは、まだ幼さを残す一人の少女。

明らかに自分よりも年若い。久しぶりにマティアスの心が動いた。

透き通るような銀の髪に、熟した苺《いちご》のような目をした美しい少女だ。

その姿は確かに魔女と言われても、納得してしまう美しさだった。

(兎《うさぎ》みたいだ……)

雪山で暮らしているという、真っ白な体に真っ赤な目をした美しい白兎。

こんな状況だというのに、マティアスはその少女に見惚れてしまった。

今思えば、あれは一目惚れのようなものだったのだと思う。

憐れなほどに青ざめ震える彼女の両手のひらを、残虐な任務に心を凍りつかせてしまった兵士が躊躇なくナイフで深く傷つける。

少女は痛みに鋭い声を上げた。
それを聞いたマティアスは、思わず眉を顰めてしまった。
少女の細く小さな手のひらが傷つけられたことが、耐え難かったのだ。
これまで多くの魔女たちの命が散っていく様を、目の前で見てきたというのに。今更。
(けれど、こんな少女まで殺すなんて……)
マティアスはたまらない気持ちになった。
母は、ツェザールは、どうしてこんなにも残酷になれるのか。
目の前の少女をどうにかして助けてやりたいと、強く思った。
(ああ、せめて少しでもこの体が動いたら……！　この喉が音を紡《つむ》いだら……！)
——この少女を助けることができるのに。
意識と聴覚、視覚だけが残っている状態は、地獄だった。
(頼む！　死なないでくれ……)
この魔法陣が発動してくれたら。彼女は死なないですむのに。
彼女が魔女であれば、死なないですむのに。
だが魔法陣には、なんの変化も起きない。
そしてツェザールの命令で、今まさにその小柄な少女の首に兵士の剣が落とされんとした、そのとき。

魔法陣がぼんやりと赤い光を放った。

「待て！　殺すな……！」

ツェザールの、厳しい声が聞こえる。

そして次の瞬間。マティアスの体を、温かな何かが包んだ。

それは心地よく、そしてどろりと甘やかで。いつまでも浸っていたくなる感覚。


――なるほど、と思った。自分は今まさに、魔に堕ちたのだと。


それから先の記憶は、マティアスにはない。

おそらく、意識を失ってしまったのだろう。

マティアスが目を覚ましたのは、それから三日後のことだった。

光を感じ酷く重い瞼を開ければ、そこはあの血の臭いに満ちた悪夢のような部屋ではなく、見慣れた自分の部屋の寝台だった。

「まあ！　マティアス！　目が覚めたのね？　具合はどう？」

母が何事もなかったかのように、目を潤ませマティアスの無事を喜んだ。

それはまさに絵に描いたような、我が子を心配する母の姿だ。

きっとあのときの記憶がなければ、マティアスは母に心配してもらったことを素直に喜べていたことだろう。

「あなたが死んでしまったらどうしようと、とても心配したのよ」

(……気持ちが悪い)

けれどマティアスに湧き起こったのは、怖気と嫌悪だった。

全てを知ってしまった今となっては、母がどうしようもなく忌まわしく厭わしいものに見えてしまう。

母の姿を見ているだけで、母の声を聞いているだけで、全身の肌が粟立《あわだ》ち震えるのだ。

彼女の心の中など、知らないほうが幸せだったのかもしれない。

だがマティアスは、知れて良かったと思った。

おかげで目が覚め、自己を取り戻せた気がする。

マティアスはずっと自分を縛りつけていた母という呪いから、解き放たれていた。

(……つまりそれこそが、魔に堕ちたと言うことかもしれないな)

心の中で自嘲する。なんせ母の言うことをなんでも聞くいい子の王太子は、もういなくなってしまったのだから。

三日三晩寝ていたらしいが、未だ体はまともに動かない。

魔女の伴侶になったからといって、特に体に大きな変化はないようだ。

どうやらすぐに病が良くなる、というわけでもないらしい。

人としておかしくない範囲で、少しずつマティアスは快方に向かった。

魔女の伴侶になってもただ死なないだけで、大幅に治癒力が上がるといった特殊な効果はないらしい。

だが生きてさえいれば、いずれ体は治るもの。

十日も経てば、マティアスは寝台から身を起こすことができるようになっていた。

「……それで、僕の伴侶とやらは、今どうしているんだ？」

ツェザールが殊勝《しゅしょう》な顔をして見舞いに来たとき、マティアスはそう微笑んで聞いてやった。

するとツェザールから表情が抜け落ちた。こちらが彼の本性なのだろう。

「……なるほど。意識がおありだったのですね。これは失礼」

肩を竦《すく》めてのうのうとそんなことを言ってくるツェザールに、マティアスは苛立《いらだ》ちながらも、微笑みを保つ。

「僕の意識が本当にないのかどうか、しっかりと確認してから口に出すべきだったな。お前にしては詰めの甘い」

「……まあ、想定外ではありましたが、説明する手間が省《はぶ》けたと思えばいいでしょう」

だがツェザールに、全く悪びれた様子はない。

もし体が動いたのなら、摑みかかってその横っ面を殴ってやりたいくらいだ。

「……悪いがお前たちの思い通りになるつもりはないぞ。なんせ僕はお前たちのせいで魔に堕ちてしまったんだからな」

マティアスはこれ以上、母の言う通りに生きるつもりも、ツェザールの駒として生きるつもりもなかった。

魔に堕ちてようやく本来の自分を取り返すとは、随分と皮肉な話だ。

「おや、母親思いの孝行息子はもうおやめになられるので？」

やはりツェザールもこれまでのマティアスに対し、そんな感想を持っていたらしい。

己を持たぬ、母に言いなりの傀儡人形。

マティアスはこめかみに血管を浮き立たせながらも、必死に笑顔を保った。

この男に隙を、弱みを、見せるわけにはいかないのだ。

この身が魔に堕ちた以上、周囲は全て敵だ。

「……それで、僕の魔女はどうしている？」

重ねて聞くマティアスの言葉に、ツェザールが興味深げに片眉を上げた。

マティアスが魔女に関心を持っていることが、不思議なのだろう。

「おや。伴侶魔法には、伴侶に対し特別な感情を持つような仕組みがあったのですかね？」

「……………どうだかな」

ツェザールは、マティアスが魔女に興味を持つことが不思議らしい。

彼に魔女に執着していることを知られれば、面倒なことになるだろう。

よってマティアスは、明確な答えを返さなかった。

「もちろん魔女ならば生きていますよ。あなたの伴侶となった魔女が死んだら、あなたも死んでしまいますからね」

「……どういうことだ？」

「あなたの命を繋ぐためにあの魔女に使わせた伴侶魔法とは、魔女の命を伴侶に共有させるという魔法なのですよ。つまりは魔女の命にあなたの魂を紐付け、ひとつにしてしまったんです」

「なんだと……？」

「ですから魔女が生きている限りはあなたも生きていられますし、魔女が死ねばあなたも死ぬことになります」

ここでようやくマティアスは、己の命を救ったその魔法の仕組みを知った。

「ならば余計に魔女は僕に引き渡してもらおう。己の命をお前に委ねるなど冗談ではない」

「そう簡単に、私が引き渡すとお思いで？」

やはりツェザールは魔女を己の手の内に置くことで、マティアスの命を握り操るつもりだったのだろう。

魔女を殺せばマティアスも死ぬ。よって死にたくなければ自分の命令を聞けと脅すつもりだったのだ。

（……だが甘いんだよ）

その脅しが成り立つのはマティアスが命を惜しみ、死を厭うている場合だ。

「そうか。魔女を渡さないのなら、お前たちがしたことを、周囲に言いふらしてやろう」

「…………は？」

ツェザールが鼻で笑った。マティアスの命を握っているゆえの余裕だろう。

「悪いが僕は、死を恐れてなどいない。神に逆らってまで生きながらえているこの命を、むしろ疎《うと》ましく思っているんだ」

だからマティアスもまた、鼻で笑ってやった。

「そんな僕が、どうして今更命を惜しむと思うんだ？」

そこで初めて、わずかながらツェザールの表情が苦々しく歪んだ。

己の生き汚さを、マティアスにまで適用したのがそもそもの間違いなのだ。

崩れたツェザールの表情を、マティアスは嘲笑《あざわら》う。

冷徹《れいてつ》な宰相に一泡吹かせられたと、溜飲《りゅういん》が下がるのを感じた。

「ちなみに僕が死んだら、お前たちがしたことを詳《つまび》らかに書いた告発文が神殿に届くようにしてあるからな」

ツェザールは宰相となってから、国から神殿へ渡す予算を大幅に減らしている。

よって情報を得た神殿は、大喜びでツェザールを失脚させようと動くだろう。

「父上もあれでエラルト神の敬虔なる信徒だからな。神殿からの訴えがあれば、さすがに母上とお前を庇《かば》うことはないだろう。お前たちは揃って火炙りになるだろうな」

父王は碌でもない男だが、神への信仰心だけは本物だ。

一日三回の祈りを、国王となってからも一度も欠かしたことがないほどに。

むしろ心の中で疎《うと》んじている二人を、一気に処分できる都合のいいネタが見つかったと喜ぶかもしれない。

「お前たちが火炙りになる姿を見られないことが、悔しい限りだ」

そう言って酷薄に笑うマティアスに、ツェザールは諦めたようにため息を吐き、胸元からひとつの鍵を取り出した。

「……仕方ありませんね。魔女は王宮の塔に閉じ込めてあります。これはその鍵です」

マティアスはその鍵を奪い取る。随分と複雑な形をした鍵だ。

王宮の塔は、王族や高位貴族で罪を犯したものを幽閉するための場所だ。

どうやら魔女はそれほど酷い扱いは受けていないようだと、マティアスは内心安堵する。

「私の侍女に、食事や水を運ばせています。その侍女ごとあなたに差し上げましょう」

まるで魔女を自分の所有物であるかのように言うツェザールが、腹立たしくてたまらない。

――――あの魔女は、マティアスの伴侶なのに。

「……その侍女とやらはお前の手の者だろう。いらない」

「そうおっしゃらずに。口だけは非常に堅い娘です。きっといずれ役に立ちますよ」

にやにやと笑うツェザールは腹立たしいが、確かにマティアスの魔女については、極力その存在を隠しておきたい。

彼女の世話をする信頼のおける女官を一から探すのは、なかなかに骨が折れるだろう。

なんせ母の息のかからない女官など、この王宮にほとんどいないと言っていい。

「……これ以上はお前も母上も、魔女に一切手出しをするなよ」

マティアスは念を押した。するとツェザールが少し楽しげに笑った。

「まるで人がお変わりになったようですね」

マティアスの魂は魔に堕ちて、母親の言うことをよく聞く、いい子でお利口で愚かな王子様はいなくなってしまった。

「……僕を変えたのは、お前たちだろう？」

マティアスはそう言って、ツェザールを追い払うように手を振った。

「確かにそれはそうですね」

やはり悪びれなくツェザールは笑って言い、わざとらしいほど慇懃《いんぎん》に礼をしてマティアスの部屋を出て行った。

その後マティアスは動けるようになると、未だ体を苛む痛みに耐えながらも、様々な会議会合に顔を出し、自分が健在であることを周囲に知らしめた。

見た目こそ前よりも窶《やつ》れたものの、相変わらず優秀な王太子の姿に、第二王子の陣営に飲み込まれそうになっていた有力貴族たちが、無事マティアスの元へと戻ってきた。

そのことを母は大いに喜んだ。

一度は失ったかと思った次期国母の座を、守れたことに。

（……せいぜい喜んでいるといい）

マティアスは、これ以上母の思い通りになるつもりなど毛頭なかった。

息子を化け物にしてまで守りたかったその権力を、今だけは噛み締めていればいい。

そして一ヶ月が経つ頃には、日常生活なら問題なく送れるようになっていた。

魔女にはツェザールから譲《ゆず》られた侍女に、毎日食事を持って行かせていた。

塔の門番に聞くところによると、時折なにやら扉に向かって叫んでいるようだから、どうやら魔女は元気にしているらしい。

いずれは会いに行かねばならないとわかっているが、魔女への罪悪感が強く、なかなか塔へと足を向ける勇気が出ない。

だというのに、初めて出会ったときの彼女の姿を思い出しては、会いたくて会いたくて仕方がなくなるのだから、不思議である。

やはりツェザールの言う通り、伴侶魔法には魔女に対する魅了効果も混ぜ込まれているのかもしれない。

あの日、マティアスが彼女の姿に見惚れたのは、伴侶魔法をかけられる前であったけれど。

だが意気地なしのマティアスが塔への訪問をつい後回しにしているうちに、己の意思を踏み躙られ幽閉されていた魔女の限界がきてしまったらしい。

魔女の世話をさせている侍女が、血相を変えてマティアスの元へ走ってきたのだ。

その侍女は舌を失っており、言葉をしゃべることができない。

おそらく魔女の秘密保持のため、あえてツェザールはしゃべれない彼女を雇《やと》っていたのだろう。なるほど、確かに口は堅いと言うわけだ。

侍女は何かを訴えるようにマティアスを見つめ、ぱくぱくと口を動かす。

門番に何があったのかを問うてみたところ、魔女がここから出さないなら死んでやると大騒ぎして、未だ幼い侍女を脅したのだと言う。

マティアスは、頭を抱えてしまった。

なんせ彼女に死なれたら、自分も死んでしまうのである。

ツェザールの前ではこんな命など惜しくはないと啖呵《たんか》を切ったが、実際のところ病から抜け出したマティアスには、しなければならないことがたくさんあった。

今まで母やツェザールによって奪われてきた全てを、取り返そうとしているのだ。

マティアスはもう、彼らの望む息子、彼らの望む王太子になるつもりはなかった。

どうせ地獄に落ちるのなら、己の心が望むまま死ぬまで好きなように生きようと考えていたのだ。

（……魔女に会いに行かなくては）

そして現状を説明し、死なないでくれと魔女に懇願しなければなるまい。

ようやく覚悟を決めたマティアスは、普段から自分の護衛を任せている近衛騎士を連れ、塔の最上階にある魔女の元へ会いに行った。

病み上がりの身に、塔の長い階段は酷く堪えた。

途中気を利かせた近衛騎士がマティアスを背負おうとしたが、断固として拒否した。

これから生涯を共にする伴侶に会いに行くのだ。

みっともないところは、極力見せたくないではないか。

よろよろとしながらもなんとか辿り着いた堅牢《けんろう》な鉄製の扉の前で、マティアスは息を整えると、鍵穴にツェザールから巻き上げた鍵を差し込んだ。

ガチャリと重い音がして、扉の鍵が外れる。

押し開けようとしたが、長き闘病生活で筋肉が削ぎ落ちたマティアスの細い腕では扉を開くことができなかった。

仕方なく屈強な近衛騎士に扉を開けてもらう。

すると目の前に、焦《こ》がれていた赤い目があった。

まるで熟れすぎた苺のような、血がそのまま透けているような、真っ赤な目だ。

その美しいアーモンド型の目が大きく見開かれ、マティアスのことを呆然と眺めている。

マティアスも思わず彼女を見つめてしまった。

やはり魔女とは、人を誑《たぶら》かす生き物であるらしい。

艶やかな銀の髪に縁取られた白い顔は、まるで雪の妖精のようで、なんとも美しい。

（……だが、どういうことだ……？）

最後に見た姿よりも、魔女は随分と健康そうな見た目になっていた。

なんだかんだ言ってここでの生活は食糧事情がよく、さらには有り余った時間で睡眠も十分に取れているようだ。

理由もわからず幽閉され随分と憔悴しているだろうと思いきや、どうやらこの幽閉生活を魔女はそれなりに満喫しているらしい。

到底死にたい人間の見た目ではない。心身ともに、実に健康そうである。

（……強いな）

実はこの魔女、儚げな見た目にそぐわず、かなり強靭《きょうじん》な精神の持ち主なのかもしれない。

「悪いが、この娘と二人きりにしてくれ」

近衛騎士とはいえど、さすがに伴侶魔法についての云々を聞かせるわけにはいかない。

「なりません！　殿下……！」

すると案の定、とんでもないと近衛騎士が拒否したが、マティアスは冷たい声で言った。

「――こんな小娘一人に何ができるというのだ。命令だ。下がれ」

実際のところマティアスはこの塔に登るだけで体力を使い切り、立っているだけでやっとの状態であり、こんな小娘一人にも簡単に負けてしまいそうな有様だったが。

王太子は困惑する兵士を扉の外へ追い出すと、魔女へ歩み寄った。

「――お前、死ぬつもりか？」

問うその声は、とてつもなく冷酷な響きだった。まるで罪人を問い質すような。

「……本気で死ぬつもりなんてありません」

もし彼女が本当に死のうとしていたとすれば、マティアスは拘束やら洗脳やらを施すことを考えていたが、それほど深刻な話ではなさそうだ。

ただ自分の命を脅しに使った、ということのようだ。

それからマティアスは、魔女にかけられた伴侶魔法について説明をした。

聞けばグレーテという名である魔女は、伴侶魔法の存在自体を知らないらしい。

それどころか、自分が魔女であるという自覚もなかった。

あくまでも自分は薬師であり、魔法の類は使えないと。

（どういうことなんだ……。だったらなぜ伴侶魔法は発動した？）

それにしても、話せば話すほどなんともとぼけた娘である。

塔から出すことはできない。代わりに何か望みはないかと聞いてみれば「私、話し相手が欲しいんです」などと宣う。

話し相手がいないことが辛くてたまらないのだと。

だがグレーテの存在は、絶対に隠さなければならない。

（――今は、まだ）

王太子が魔女を匿《かくま》っている、さらに王太子は魔の者の力を借りて命を長らえた、などと露見すれば大変なことになる。

「――ならば僕が毎日ここに来よう。そしてお前の話し相手になろう」

なんせ自分自身が話し相手になるくらいしか、彼女の望みを叶える術《すべ》がないのだから。

仕方がない。仕方がないのだ。

決して自分が毎日彼女に会いたいから、などという理由ではないのだ。――たぶん。

それからマティアスとグレーテの、なかなかに幸せな日常が始まった。

マティアスはどれほど忙しくとも、必ず毎日グレーテの元へ顔を出した。

疲労のあまり、酷い顔をしているとわかっていても無理をして会いに行った。

約束したから仕方がなく、という体を取って、会いたいから毎日会いに行った。

『殿下、顔色が悪いですよ。無理はなさらないで、どうか休んでくださいね』

疲れた顔をしていれば、辛い顔をしていれば、グレーテがいつも心配してくれる。

きっとグレーテは知らないのだろう。

彼女に労《いたわ》られるたびに、マティアスがどれほど報われ、救われた気持ちになるのか。

マティアスはこれまで常に優秀であることを、当然のように求められて生きてきた。

泣き言や愚痴が、許される立場ではなかった。

それなのにグレーテは手放しにマティアスを労り慰めてくれる。

だからこそ彼女の前では、つい弱い言葉を吐いてしまう。

するとグレーテは嫌な顔ひとつせずに、じっと彼の言葉に耳を傾けてくれるのだ。

こんなふうに親身になってくれる人間に、マティアスはこれまで会ったことがなかった。

口では無理をしてまで来なくてもいいと言いながら、マティアスが重い鉄の扉を開けるたびに、ぱあっと花開くように嬉しそうに笑ってくれるところもいい。

彼女が笑顔になるたびに、まるで光が差し込んできたかのような錯覚に陥る。

――――これは、伴侶魔法のなせる業なのか。

グレーテと共に過ごす時間が、これまで生きてきた中で一番幸せに感じる。

その笑顔を見ないとマティアスの一日が終わった気がせず、眠りにつくことも難しいほどだ。

グレーテと過ごす日々で、マティアスの精神は非常に安定していた。

もう、彼女のいない日々など、考えられないくらいに。——だから。

閨の指導を受けろと申しつけられたとき、猛烈な拒否反応に襲われた。

確かにいずれは、身分相応の妃を娶《めと》らねばならないのだろう。

けれど、自分にはもう唯一無二の伴侶がいるのだ。

『病み上がりで、まだそんな気になれない』など、適当に理由をつけて断ったが、母は暴走し勝手に断行。

マティアスの部屋に避妊薬を届け、伯爵家の未亡人を送り込んだのだ。

そしてマティアスが眠っている寝台に、一糸纏わぬ姿で滑り込んできた夫人に驚き、隙を突かれてのしかかられ肌に触れられた、その瞬間。

——マティアスの股間に、激痛が走った。

想像を絶する痛みに、伯爵夫人を押し除け床に蹲《うずくま》ると、マティアスはその場で嘔吐《おうと》してしまった。

痛みに慣れているつもりだったが、それでも耐えきれなかった。

——筆舌に尽くし難い痛み。いったいこれはなんなのか。

自分が何かしてしまったかと真っ青な顔をしている夫人に服を着せ、この近衛騎士に彼女を家まで送るよう命じ、マティアスは未だ痛みに震える体を抱きしめた。

自分の体に、何が起きたのか。

「つまりは、浮気男は捥げろってことですね！」

原因として考えられるのはグレーテしかいないと慌てて彼女のところに向かえば、そんなことをあっけらかんと言われた。

つまり自分は、もうグレーテ以外の女を抱くことはできないのだ。

それは王太子として、致命的な欠陥だった。

王太子であるならば、いずれは有力貴族か他国の王女を娶り、後継を作らねばならないのだから。

だがその欠陥を、弟の陣営に知られるわけにはいかない。

王太子が不能と知れれば、彼らは嬉々としてマティアスを引きずり下ろそうとするだろう。

その一方でグレーテ以外の女に触れられないという事実に、やや潔癖の気があるマティアスは大変なことになったと思いながらも、むしろ心のどこかで安堵していた。

知らぬ間に自分は、グレーテの所有物になっていたのだ。

そのことに、マティアスの中で擡《もた》げたのは歓喜だった。

——そして、覚悟も決まった。

マティアスは母と宰相を、今後について至急話したいことがあると言って呼び出した。

伯爵家の未亡人からすでになんらかの報告を受けていたのだろう。やってきた母は微笑みながらも苛立ちを隠しきれない様子だった。

宰相であるツェザールは相変わらず、飄々《ひょうひょう》とした態度である。

最近ではマティアスに対し取り繕う気もないらしく、本性のままに接してくる。

「何があったというの？　マティアス。バルテン伯爵夫人に泣きつかれて、宥めるのが大変だったのよ！　私に恥をかかせないでちょうだい！」

イライラと扇の開閉を繰り返しながら、マティアスに文句を言う母。

きっと昔なら萎縮《いしゅく》していただろう。だが今のマティアスにはなんの感情もなかった。

「どうやら魔女によってかけられた伴侶魔法のせいで、僕は女が抱けない体になってしまったようです」

「……なんですって？」

「ツェザールにこの前もらった伴侶魔法の魔法陣を、魔女に読ませてみたのですよ。そこにしっかりと記載されていたそうです。——伴侶の不貞は厳罰に処すとね」

我が身でも検証しましたが、魔女以外に触れるとどうやら挽げてしまうようです。と肩を竦めてマティアスが言えば、母は目を見開き口をあんぐりと開けた。

「人の身で魔のものに手を出した、報いなのでしょう」

バキッと乾いた悲鳴を上げ、とうとう母の手にある扇が折れた。

「そんなこと、聞いていないわ……！」

そして母は顔を青ざめさせて、ツェザールに激しく詰め寄る。

「あなたのせいよ！　ツェザール！　どうしてくれるの……！」

その剣幕に、けれどもツェザールは心外そうに軽く片眉を上げるだけだ。

「まあ外法を使った時点で、なんらかの代償はあるだろうと思っておりましたよ」

そしてなんでもないことのように、のうのうとそんなことを宣った。

「だったらなぜこんな方法を使ったのよ……！」

「おや。生きてさえいればいい、そうおっしゃったのはあなたでしょう？　王妃様。私を責めるのはお門違いというものです」

その言葉を、マティアス自身自らの耳で聞いていた。

そう母は「生きてさえいれば、マティアスの中身などどうでもいい」とすら言ったのだ。

当時の彼女の願いを、確かにツェザールは問題なく叶えている。

「ふざけないで！　後継が作れないなんて、生き長らえた意味がないわ……！」

感情的になって叫ぶその言葉が、マティアスの耳にどう聞こえ、心にどう響くのか。

母は考えたことがあるのだろうか。今やその余裕もないのか。

彼女からの親子の情を諦めた今であっても、心に削れていく何かがあった。

「……そうよ。魔女を処分すればいいのではなくて？　そうしたらマティアスは解放されるでしょう？」

「……ですから、魔女が死ねば僕も死にます。伴侶魔法とは、すなわち命の共有化魔法なのだとツェザールから聞いていたはずですよ。母上」

そして伴侶魔法を解除する方法はない。

病が治っても、グレーテとマティアスの命は繋がったままだ。

「だったらどうしたらいいのよ……！　忌まわしい魔女のせいで、なんてことに……！」

とうとうその場に蹲り、涙をこぼし泣き叫び始めた母を、マティアスは冷めた目で見下ろした。

マティアスをこんな体にしたのは、魔女ではない。母だ。今更何を言っているのか。

彼女に寄り添い慰める気には、到底なれなかった。

「……さて。今後どうするか、ということですが、今のところ道は三つほどあります」

母の嘆《なげ》きに一切耳を貸さず、ツェザールが三本指を立てて、説明を始める。

「まず一つ目は第二王子を王となったマティアス様の後継とすること。これが一番簡単で真っ当な道です。まあ、私と王妃様は揃って失脚することになるでしょうがね。二つ目はマティアス様に形だけの妻を娶らせ、王家の傍流から養子をもらうこと。ただ養子であると直系である異母弟君との間に王位継承権争いが激化する恐れがあります。実子ということにして引き取るという手もありますが、その子の実親が欲を出してそれをネタに脅してきたり、秘密を安易に他に漏らしたりする可能性もありますね。そして三つ目は……」

そこで一度言葉を切り、ツェザールはにやにやといやらしい笑みを浮かべる。

「魔女をどこぞの高位貴族の養女にし、王妃とすること」

マティアスは大きく目を見開いた。それが彼の口から発されることがあまりにも想定外だったからだ。

(……グレーテを、僕の妃にする)

無意識下で勝手に無理だろうと諦め、これまで考えたことがなかった。

だが確かに目の前のこのいやらしい男の手を借りれば、それも不可能ではない。

これまでの経歴を全て闇に葬《ほうむ》って、グレーテに新たな戸籍を与えるのだ。

そして彼女を信頼のおける高位貴族の養女とし、貴族令嬢となってもらえばいい。

そうすればグレーテを日の当たる場所へ出してやれるうえに、正しく己の妃にすることができる。

ツェザールの提案は、マティアスにとってあまりにも都合が良く甘美なものだった。

グレーテが自分の妻になった想像をする。

彼女が妻になってくれたら、今よりもっと長い時間、一緒にいることができるだろう。

わざわざ塔を登らずとも、部屋に戻ればいつもグレーテがいて嬉しそうに笑って出迎えてくれる。

食卓を共に囲み、その日あったなんでもない出来事を報告し合って。

そして夜にはグレーテの体を抱いて、朝までぐっすり眠るのだ。

（……それは、なんて幸せな生活だろうか）

想像するだけで幸せで、胸が苦しくなってしまうほどだ。

ツェザールに言われて、マティアスは初めて気づいてしまった。

――それこそが、正しく自分の望みであるのだと。

これまで自分がグレーテに感じているのは、家族や友人に対するような親愛であると思い込んでいたのだが。

どうやら、そうではなかったらしい。

グレーテと寄り添う未来の光景が、あまりにもマティアスの心にしっくりときてしまった。

ツェザールにそれを見抜かれていたことは、酷く腹立たしいのだが。

もちろんこれは簡単なことではない。

まずグレーテを養女にしてくれる高位貴族を探さなければならない。

それだけでも難航することが目に見える。

なんせ娘が王妃となってもおかしくない程度の家門でなければならないし、何よりもしっかりと秘密を守れる、信頼のおける相手でなければならない。

さらには貴族令嬢としての教養を一切持っていないグレーテをそれらしく見せるため、淑女《しゅくじょ》教育も与えなければならない。

彼女を王妃とするために、乗り越えなければならない壁は多い。

マティアスが頭の中で、その算段を立てていたところで。

「ふざけないで……！　そんなこと許せるわけがないでしょう……！」

母が突然怒声を上げた。顔を真っ赤にして怒り狂っている。

「まさか本気で穢らわしい魔女の血を、王家に入れるつもりではないでしょうね……!?」

己の地位と血統に矜持を持っている母にとって王家に平民の、しかも魔女の血が混じることは絶対に許せないのだろう。

(だがその魔女を脅し無理やり伴侶魔法をかけさせ、息子を人の理から逸脱させた張本人である母上が言うことか……?)

マティアスは心底呆れ、母を見やる。

この国の高位貴族の一人娘として生まれ、蝶《ちょう》よ花よと可愛がられ、おそらくこれまでの人生ほとんどのことが自分の思い通りになってきた人だ。

だからこそこうして自分の思い通りにならないことが、どうしても受け入れられないのだろう。

(その母上の初めての失敗作が、僕ということだな……)

その後も母はさんざん暴れ、泣き叫び、これ以上は話にならないと判断したマティアスは、ツェザールに彼女を押し付け、その場を後にした。

廊下を歩く酷く足が重い。陰鬱《いんうつ》とした気持ちから抜け出すことができない。

(――なんのために生きているんだろうな。僕は)

誰からも愛されることなく、人の理から外れ、死して後、神の御許《みもと》にもいけない。

するとふとグレーテの笑顔が、脳裏に浮かんだ。

無性に彼女に会いたくなった。

マティアスのために酷い目に遭《あ》いながら、一度もマティアスを責めなかった優しい魔女。

マティアスの話を聞き、慰め、労り、寄り添ってくれる。どこよりも居心地のいい楽園。

気づけば、マティアスの足は塔のあるほうへ向かっていた。

（――そうだ。もう堕ちるところまで、堕ちてしまえばいい）

そんな思いが、すとんとマティアスの胸に落ちてきた。

重い体を引きずるように、塔の階段を登っていく。

ゆっくりと、時間をかけて。

夜の暗い階段は、これから自分が堕ちていく場所を表しているようだ。

やがて最上階に辿り着き、無骨な鉄の扉に鍵を差し込む。

そして残された力を絞り切るように、鉄の扉を押し開ければ。

温かなランプの光が漏れ出し、心配そうな顔で走り寄ってくる愛しい魔女の姿が見えた。

（――ほら、もう、他に何もいらないじゃないか）

この愛しい魔女が、そばにいてくれるなら。

弾かれたように、マティアスは強くグレーテを抱きしめる。

――――彼女の柔らかさに、その甘い匂いに。

マティアスは溺れ、そして堕落してしまった。

第五章　魔女の加護

「お前の身の回りの世話をさせようと思ってな」

ある日マティアスはそう言って、一人の少女をグレーテの暮らす塔の上に連れてきた。

「ええ!?　本当に!?　いいんですか!!」

何年かぶりにマティアス以外の人間を見たグレーテは、喜びのあまり若干挙動不審になってしまった。

「ほらー！　怖くないよー！　お姉さんによくお顔を見せてちょうだい！」

おどおどとマティアスの背後に隠れるように身を小さくする、自分よりいくつか幼い少女の顔を、明らかに怪しい言動をしながら覗き込んだグレーテは驚きで目を見開いた。

「あなたは……」

──その少女の顔に、見覚えがあった。

あのときは、恐怖に顔を歪ませていたけれど、間違いない。

「良かった。無事だったのね……！」

グレーテは目を潤ませ、少女の小さな手を握る。

そう、その子はかつて、グレーテと同じように魔女として狩られたあの少女だった。

彼女の身代わりとなって、グレーテはあの魔法陣の部屋に入ったのだ。

あの後どうなったのか、ずっと心配していた。

おそらく自分が意識を失っている間に、あの冷酷な宰相に殺されてしまったのだろうと、心苦しく思っていたのだが。

「あれから大丈夫だった？」

グレーテの言葉に、マティアスがなんともいえない苦い表情を浮かべた。

少女はその言葉に対し返事はせず、少し困った顔をして頭を下げる。

「ええと……これからよろしくね。あなたのお名前は？」

グレーテが問うても、やはり彼女はうっすらと微笑むだけだ。

そこでグレーテは違和感を抱《いだ》いた。嫌な予感が胸を焼く。

「ごめんなさい。ちょっと失礼……！」

グレーテは少女に近づき口腔内に指をつっこんで、顔を青ざめさせた。

――そこには、あるべきものがなかった。

「……どうして？」

「……秘密を守らせるためだと、ツェザールが」

少女はしゃべれないよう、舌を根本から断ち切られていた。

怒りのあまり、グレーテの体が震える。

あの冷血宰相は、この少女に選択を迫ったらしい。

秘密保持のため、何もしゃべれないよう舌を切るか、それともここで死ぬか。

少女は死を恐れ、舌を、味を、言葉を、手放すことを選んだのだという。

（あの野郎、いつか絶対に半殺しにしてやる……！）

グレーテの中でツェザールへの心証が、地を這うどころか地にめり込んだ。

舌を切られて回復した後、少女は毎日三回この塔に登り、グレーテに食事と水を運んでいたのだという。

「あなただったのね……毎日塔を登るのは大変だったでしょう。いつもありがとう」

グレーテが礼を言えば、首を横に振って少女は笑った。

かつて命を救ってくれたことに対する、恩返しだとでもいうように。

彼女が食事を持ってきてくれるたび、グレーテは必死に話しかけていた。

だが一度たりとも、返事が返ってきたことはなかった。

自分と接触しないよう上から命じられているのかと思ったが、そうではなく彼女は返事をしたくとも返事自体ができなかったのだ。

さらに彼女は平民で、文字を読むことも書くこともできない。

彼女にとって舌を失うということは、自分の意思を伝える手段を全て失うということだった。

グレーテの目から堪えきれず、また涙が溢れ出す。

「ごめんなさい……」

今必死に生きている彼女を哀れむのは、失礼なことだとわかっている。

それでも、涙を止めることができない。

「……お前はいつも、他人のことにばかり涙を流すんだな」

呆れたような、それでいてどこか羨《うらや》ましそうな声で、マティアスは言った。

少女はグレーテの手を握り返し、大丈夫だとばかりにまた小さく首を横に振った。

「この娘はツェザールの元を離れ、僕の直属になったから安心しろ」

「……いつかあの鬼畜宰相を、私に一発とは言わず十発ほど殴らせてください……！」

「ああ、好きにしろ。王太子権限で許してやる」

マティアスがそう言って、にやっと悪戯っぽく笑い、慰めるようにグレーテの髪をワシワシと撫でた。

ここにいる限り、その願いは叶いそうにないが。

もしいつかここを出られたら、絶対に殴ってやるのだとグレーテは決意を新たにする。

「それで、この子の名前は……」

「それもわからない。適当に呼んだらいいいんじゃないか？」

「そんな、適当だなんて……！」

だがこの少女はしゃべることもできなければ、字を書くこともできない。

こちらの言うことは伝わるのに、彼女の言いたいことはこちらには伝わらないのだ。

だから彼女の名前を知ることもできない。わかるのは、是か否かくらいのもの。

あの鬼畜宰相にとってこの少女は、グレーテの存在を周囲に漏らすことのない、実に都合のいい存在だったのだろう。

あまりの申し訳なさに、グレーテの胸は潰れそうになる。

少女は気にするなとばかりに、また微笑んで首を横に振った。

「ならばグレーテ。お前がつけてやったらどうだ？」

マティアスが、少々面倒そうに言う。

先ほどから、なにやら妙にいじけた感じがするのはどうしてだろうか。

それを聞いた少女も、ぱあっと花開くように笑い、こくこくと頷く。

どうやらグレーテに、名前をつけてもらいたいらしい。

突然の無茶振りにグレーテは悩んだ。厳しい人生を生きるこの子に、できるだけ良い名前を与えてやりたいのだ。

「……だったら『アイリス』はどう？　私の好きな花の名前なの」

すると少女はその名を気に入ったようで、これまた嬉しそうに笑って頷いた。

「……ほう。お前にも好きな花なんてあったのか」

「……殿下は私のことをなんだと思ってるんです？」

今日も失礼な王太子である。グレーテとて、花を愛《め》でたい年頃の乙女なのである。

「……では今度、贈ってや……」

「アイリスは種として強く、その見た目も凛《りん》として美しいうえに、煎じれば消炎薬になるんです。飲めば胃痛や腹痛に効きますし、粉末にして油に混ぜれば皮膚の薬にもなる、素晴らしい花なんですよ！」

グレーテがその美しい見た目と素晴らしい薬効について熱く語れば、マティアスの目が一瞬で死んだ魚のようになった。

「どうかしました？　殿下。今、何か小声で言いかけてませんでした？」

「いや。お前の乙女心とやらに期待した僕が、馬鹿だっただけだ……」

だから失礼にも程があると思う。グレーテはむう、と唇を尖らせた。

「アイリス。これからグレーテのことを頼む」

マティアスの言葉に、アイリスと名付けられたばかりの少女が真剣な面持ちで頷く。

そこでグレーテは、またしても違和感を抱いた。

そもそもなぜ今頃になってマティアスは、グレーテに世話人をつけるなどと言い出したのだろう。

ここに閉じ込められるようになって、すでに二年以上が経過している。

その間、物資の供給だけを受けて、グレーテは己の身の回りのことは、全て自分でやってきたのだ。正直なところ、今更としか言いようがない。

つまりアイリスが連れてこられたのには、何か理由があるということだ。

「何か……あったんですか？」

グレーテが聞けば、図星だったのだろう。マティアスは少し顔を歪めた。

「……もう少ししたら僕は、しばらくの間ここに来られなくなる」

そして長期間の不在を言い渡す。

やはり、とグレーテは思った。来るべきときが来たのだと。

「……どれくらい、来られなくなるんですか？」

問うグレーテの声と手が震える。

おそらく彼も、とうとう家族を作る気になったのだろう。

そうするとグレーテは、今後彼の愛妾という立場になるのだろうか。

覚悟はしていたはずなのに、ずきずきと酷く心が痛んだ。

「……わからない。だからその間、僕の代わりにアイリスをここに置く」

なるほど。自分では約束を守れなくなるから、代わりにアイリスをグレーテに与えたのだろう。

「……お妃様は、どんな方なんですか？」

心の痛みに蓋をして、グレーテは無理やり微笑みを作りマティアスに聞いた。

何ひとつ自分では勝てるところのない、素晴らしい女性だといい。

それならばこの烏滸がましい想いにも、ちゃんと諦めがつくだろう。

するとマティアスは大袈裟に片眉を上げ、不可解そうな顔をした。

「……は？　何を言っているんだ？　お前は」

「……え？　だからとうとう王太子妃殿下をお迎えになるのでは？」

そんなグレーテの言葉に、マティアスが顔を引きつらせた。

「はあ!?　だからどうしてそんな話になるんだ？　馬鹿かお前は！」

「失礼ですね！　これでもかつてはそれなりに優秀な薬師だったんですよ！」

馬鹿じゃない、と言い張って唇を尖らせれば、マティアスは疲れ切ったように深いため息を吐いた。

「いいか。僕はお前以外抱けないんだぞ。他の女と結婚なんて、できるわけないだろう」

直接的な言葉に、グレーテは顔を真っ赤にする。

マティアスと一度そういった関係になってから、グレーテは性欲処理という名目で、定期的に彼に抱かれている。

だというのに心のどこかで彼の唯一になれるのではないかと、いやらしくも期待していたのかもしれない。

「だいたいこの体じゃ、どうにもならないだろうが」

愛もなく抱くこともできない王太子妃を娶るなど、互いに不幸になる未来しかない。

そう言って苦笑いするマティアスを見て、グレーテは一気に罪悪感に苛まれた。

「ごめんなさい……」

「だからなんでお前が謝るんだ。お前は何も悪くないだろう」

グレーテは殺されることが怖くて、伴侶魔法の描かれた魔法陣を発動させてしまった。

マティアスは意思や尊厳を無視され、強制的にグレーテの伴侶にさせられてしまった。

自分たちは互いに加害者であり、被害者なのだ。

だからこそ申し訳ない気持ちが、消えない。

「僕の婚約はないが、異母弟はこの前侯爵令嬢と婚約したぞ」

「ええと……おめでとうございます、と言っていいのでしょうか？」

「まあ、おめでたくはないな。これで僕が王太子の座から引きずり下ろされる可能性が増したということだからな」

侯爵家の娘が第二王子の婚約者になったことで、侯爵は彼の後ろ盾となったようだ。

これまでマティアスが次期国王として圧倒的優位にいたが、それが突き崩されてしまったらしい。

「……弟が婚約した侯爵令嬢以外、高位貴族で私と釣り合いの取れる年齢の娘はいない」

それはつまりマティアスが婚姻を、王位継承争いのための道具にすることができないということで。

「そんな……マティアス様はこんなに頑張っておられるのに……」

婚姻の相手で王位継承者が決まるなんて、明らかにおかしいのに。

評価をするのなら、本人の実力を以《もっ》て評価するべきだ。

だが残念ながら世界はそんな単純でも、公正でもないのだろう。

「だからここで僕は、王太子として何か大きな実績を作らねばならないそうだ」

王太子としての地位が揺らがぬよう、何か大きな手柄を立てる。

グレーテの胸を嫌な予感が焼く。手柄と聞けば、想像するのはひとつだ。

「……戦争にでも、行かれるのですか？」

「まあ、たぶんそういうことになるだろう」

マティアスは肩を竦め、なんでもないような口調でそう言った。

近いうちにオールステット王国は、北の隣国エンデルス王国に宣戦布告をするらしい。

グレーテがこの塔に閉じ込まれる前から、エンデルス王国との国境がきな臭くなっていることは有名な話だった。

国境周辺には大きな川が流れており、肥沃《ひよく》な土地が広がっているうえ、金鉱がある。

よってエンデルス王国との間では常に小競り合い起きており、互いに一歩も譲らず、何度も国境線を引き直し合っているのだ。

前回の戦争でオールステット王国は、国土を大幅に削り取られるように国境線を引き直されてしまった。

　奪われたその国土を取り戻すのは、国民の、そして王家の悲願となっている。

「戦争を起こすのですか……？」

「ああ。そして前回我が国が奪われた土地を、エンデルス王国から奪い返す」

　その戦功を以《もっ》て、マティアスは王太子の地位を不動のものとするつもりらしい。

「待ってください……！　マティアス様は王太子殿下じゃないですか……。そんな高貴な方が、なぜ戦争に行かねばならないのですか……？」

　王や王太子といった偉い人たちは、安全なところで命令だけを出すのだと思っていた。

　それなのにマティアスは、王太子でありながら自ら戦場へ赴《おもむ》くのだ。

「王族が将として戦場に立てば、軍の士気が上がるからな」

「だからと言って……！」

　なにも王太子を戦場に送ることはないだろう。

「ツェザールが、僕は死なない体だから、戦場に行くにはちょうどいいだろうとさ」

「……なんてことを……！」

　かつて前回の敗戦時、薬師であった母は徴兵され、衛生兵として従軍していた。

　明るくあっけらかんとしていた母は、死ぬまで戦場について語ることはなかった。

ただ一度酒に酔った際に、沈んだ目で『地獄だったわ』とだけ言っていた。

人は死を待たずとも、地獄を垣間見ることができるらしい。

そんな場所に、マティアスは行くのだ。

王太子の地位を揺るぎないものとするため。

伴侶魔法のおかげで死ににくい体を武器にして。

「ダメです……絶対にダメです……」

王太子でいるために伴侶魔法を使い、人の理から外れてしまったというのに。

なぜ彼ばかりがこんなにも苦しい思いをしなければならないのか。

「マティアス様……王様にも英雄にもならなくていいんです。ただ生きていてさえくだされば、それで……」

グレーテの両目から、また新たな涙が溢れた。

この人を失いたくない。この人は唯一無二の、グレーテの伴侶なのだから。

「行かないでください……」

マティアスに無様に縋り付いて、グレーテは必死に止めた。

魔女の伴侶であれば、よほどのことがない限り死なないのだという。

だが、どこまでの体の欠損なら死なないでいられるのか、その基準は全くわからないのだ。死なないだけで、怪我をすれば血は流れるし、傷は傷として、痛みは痛みとしてしっかりと体に残る。

つまりマティアスは、実のところほとんど普通の人間と変わらないのだ。

自分に抱きついたまま子供のように泣くグレーテを、マティアスはなぜか嬉しそうに笑って見つめている。

こんなにもグレーテが、辛く苦しい思いをしているというのに。なぜだ。

「なんで笑ってるんですかぁぁ……！」

「いや、お前が僕のために泣いてくれるのが嬉しくてな」

マティアスはグレーテの頭を優しく撫で、その頬に流れる涙を唇で吸い上げる。

「……僕に『行くな』、と言ってくれたのは、お前だけだ」

なんでも家族皆が、マティアスの出征を歓迎しているのだという。

宰相と母は、この戦争を王太子として手柄を立てる機会《チャンス》だと思っている。

父の愛妾と異母弟の第二王子は、マティアスが戦死することを願っている。

父は息子に全く興味がなく、戦争で勝てば国王として名を残せるし、マティアスが死んだら王妃と宰相の権力を削ぐことができるため、どちらでもいいと考えているようだ。

よって誰一人としてマティアスに、戦争に行くなとは言わなかったらしい。

「……人に見返りなく心配されるのって、いいな」

——ああ、なんて寂しい人なのか。

グレーテの涙腺は壊れたかのように、次々と涙を溢れさせる。

「なあ、グレーテ。僕には夢があるんだ。どうしても叶えたい夢が。……だから行く」

それは戦場に赴《おもむ》かねば、叶わない夢なのかと。

グレーテが目で訴えれば、マティアスはしっかりと頷いた。

（ああ、もうマティアス様は覚悟を決めてしまわれたんだ……）

これ以上グレーテが何をしようと、マティアスを引き止めることはできないだろう。

彼は戦場に行くのだ。彼の叶えたい夢のために。

マティアスはグレーテを包み込むようにすっぽりと抱きしめると、その唇に口づけを落とした。

「——僕だってお前と離れることは辛い」

マティアスの素直な気持ちを、初めて聞いた気がした。

そっと彼を見上げてみれば、彼の耳は真っ赤に染まっている。

捻くれ者の彼は、きっとこの言葉を言うために、随分と勇気と覚悟が必要だったことだろう。

最初は、ただの話し相手だった。

だが知らぬ間に、この塔での時間は互いにかけがえのないものになっていた。

「――グレーテ。僕の命は、お前と共にある」

そう、物理的に。

伴侶として、マティアスとグレーテの命は結びついている。

だから、死なないと。必ず生きて帰ってくると。

そう言って、マティアスはその十日後、戦場へと向かった。

彼が出征してしまってから、グレーテは一緒にいてくれるアイリスを心配させないよう、昼間は極力明るくいつも通りに過ごした。

だが夜一人で寝台にいると、どうしようもなく不安に駆られた。

怪我をしていないだろうか、病にかかっていないだろうか。

辛い思いをしていないだろうか。苦しい思いをしていないだろうか。

グレーテの命を、マティアスが共有して使っているというならば、彼に何かあったとき、グレーテにもなんらかの合図があればいいのに。

だが彼が病で苦しんでいたとき、特に何事もなく呑気に幽閉生活を送っていたことを考えると、残念ながらそういった仕様はなさそうであるが。

(どうか、マティアス様が無事に戻ってきてくれますように)

戦功など、立てなくていい。いっそ王にだってなれなくていい。

ただ無事に生きてさえいてくれれば、それでいいのだ。

「……おはようございます。こんにちは。こんばんは」

グレーテは口に出した言葉を、紙にさらさらと書き込んでいく。

「わたしのなまえは、アイリスともうします」

アイリスがわかりやすいよう、あえて字体を崩さず教本通りに。

グレーテは平民でありながら、薬師である母によって読み書きや計算の仕方をしっかりと叩き込まれていた。

それができなければ他人から搾取《さくしゅ》されてしまうからと、母は言った。

(母様は偉大だったなあ……)

母を思い出し、グレーテはしみじみと思った。

実際母の死後、薬師として独り立ちしてみれば、子供相手だからと薬代をちょろまかそうとする人間は多かったし、書いてある契約内容と全く違う内容を事実のように説明し、不平等な契約を結ぼうとする人間もいた。

そんな彼らはグレーテが読み書きができ、計算もでき、さらにはだいたいの物の市場価格も知っているとわかると、慌てて言い訳をして正しい数字に直していた。

母の教えのおかげでグレーテは若くして一人になっても、ちゃんと生きてこられたのだ。

紙の上を滑っていくペン先を、アイリスが真剣な顔でじっと見ている。

(文字に興味があるようで、良かった)

グレーテはマティアスの帰りを待っている間、舌を失ってしまったアイリスに文字を教えることにしたのだ。

読み書きができるようになれば、しゃべれなくなってしまったアイリスも、文字によって他人と意思疎通ができるようになる。

グレーテは彼女が生きるために失ってしまったものを、少しでも取り返してやりたかった。

「あなたの、なまえは、なんですか?」

「わたしの、なまえは、グレーテ・ロディーンです」

グレーテが自分の名前を書くと、アイリスは目を輝かせた。

そしてペンを与え持ち方から指導すると、アイリスは紙にグレーテの名前の字列《スペル》を何度も何度も繰り返し書いた。

「あら、私の名前の字列《スペル》を覚えてくれるの?」

少し揶揄《からか》うように言えば、アイリスは顔を赤くして恥ずかしそうに俯く。
どうやら一番に、グレーテの名前を書けるようになりたかったらしい。
(か、可愛すぎる……！)
そのあまりの可愛さに、グレーテは顔を真っ赤にして思わず身悶えてしまう。
アイリスは随分と、グレーテに心酔しているようだ。
よく考えれば何年も、この小さな体で塔の最上階まで食事を届け続けてくれたのだ。
生半可な気持ちでは、できないことだろう。
絶望の中で差し伸べられた手は、それほどまでに特別に見えるものなのかもしれない。
だからこそグレーテも、慕ってくれるアイリスの心に応えたいと思うのだ。
「うん。上手！　綺麗な字ね」
もともと器用なのだろう。拙《つたな》いながらもちゃんと読める字を書いている。
盛大に褒めてやれば、アイリスは照れくさそうに、そして嬉しそうに笑った。
なんでこんな素直で可愛い子が魔女として捕えられたのか、グレーテにはわからない。
(……この黒髪のせいか)
確かにこの国の民に黒髪は少ないが、珍しいというほどでもない。
(……または口減らしに売られたか)

地方に行けば、貧しい者たちはいくらでもいる。売られる娘も少なくない。

エラルト神は姦淫《かんいん》を罪としているが、この国にも娼館は普通に存在している。

（よく考えると、神様って案外人間に都合よくて適当よね）

どちらにせよ、アイリスが家族に捨てられてしまったことは間違いないだろう。

いつか文字が完璧に書けるようになったら、彼女の生い立ちも聞けるかもしれない。

もし帰りたい場所があるのなら、帰してあげたい。

アイリスのまっすぐな黒髪をそっと撫でてやれば、彼女は少し目を見開いた後、また嬉しそうに笑った。

マティアスに会えないことは寂しいが、こうしてアイリスをそばに残してくれたことには感謝しかない。

きっと一人で彼の帰りを待つだけの生活は、もっとずっと苦しかっただろう。

ここに来た頃の、最初の一ヶ月のように。

心を健やかに保つことは、難しかったに違いない。

そのとき、正午を知らせる鐘が鳴った。

アイリスが慌てて椅子から立ち上がる。どうやら食事をもらってくる時間らしい。

一度会釈すると、思いの外強い力で鉄の扉を開き、パタパタと音を立ててアイリスが部屋を出て行く。

そして外側からがちゃりと鍵がかけられる音がした。

アイリスはマティアスから、この部屋の鍵を任されているらしい。

おそらく彼女の首にいつもかかっている鎖の先に、鍵がついているのだろう。

（……でもこれじゃあ逃げようと思えば、簡単に逃げられてしまうのでは……？）

アイリスと一緒に塔から出てしまってもいいし、自分より小柄な彼女から鍵を奪うことも難しくないだろう。

（まあ、今更逃げるつもりなんてないけど）

逃げたところで、グレーテには帰る場所がない。

住んでいた村では魔女の烙印《らくいん》を押され、家にあったものはとっくに略奪の憂き目に遭っていることだろう。

どうせどこにも行く宛てなどないのだ。

だったらここで、マティアスの帰りを待っていたいと思う。

（なんだかんだ言って、ここでの生活は悪くないからなあ……）

アイリスが文字を覚えてくれれば、彼女を通じていずれ外の世界のことを知ることもできるだろう。

さらには秘密保持のため、アイリスから意思の疎通を奪わんとして舌を抜いたあの鬼畜宰相に対しても、意趣返しができる。

ざまあみろと思う。平民だからといって、舐めてもらっては困るのだ。

（賢い子だから、きっとすぐ覚えてしまうでしょうし）

しばらくして、コツコツと鉄の扉を叩く音がした。

わざわざ叩かなくともいいものを。こんな扉では、アイリスの手を痛めてしまう。

グレーテは扉の前へ駆け寄り、――そして。

真っ青な顔をして震える手でお盆を持つアイリスの後ろに、諸悪の根源が立っているのに気づいた。

（……鬼畜宰相……！）

その姿を見た瞬間、思わず拳《こぶし》を握り締めてしまい、グレーテの手のひらに爪が刺さる。

その痛みで正気に戻り、どうにか感情のままに殴りかからないですんだ。

「……アイリス。危ないからお盆を渡してちょうだい」

大丈夫よ、と微笑みかければ、アイリスが泣きそうな顔をした。

アイリスからお盆を取り上げて彼女を自分の背後に庇うと、グレーテはこの国の宰相であるツェザール・ファイネン公爵を真っ向から睨《にら》みつけた。

本来であれば、彼は自分よりはるかに身分の高い人間だ。

こうして睨みつけること自体、許されることではないだろう。

だがこちとら我が国の王太子殿下から、此奴《こやつ》を十発殴っていいという許可をもらっているのだ。

「私に何かご用ですか?」

挨拶もせず、話しかける許可を得ることもなく、グレーテは冷たい声で聞いた。

「ほう。王太子からの寵愛《ちょうあい》をいいことに、随分な態度だな」

魔女の分際で、という声が聞こえてきそうな言いぐさだった。

やはりもう十発では足りないかもしれない。半殺しくらいなら許される気がする。

だいたい寵愛とはなんだ。それではまるで、グレーテがマティアスの愛妾のようではないか。

そんな関係ではないのに、と思ったところで、はたから見たらそんな関係以外のなにものでもないことに、グレーテは今更ながらに気づいてしまった。

マティアスは出征前まで、何日かに一度はこの塔に泊まって、グレーテと体を重ねていたのだった。

(……それって、確かに愛妾以外のなにものでもないかも……)

夜な夜なマティアスが自分の部屋を抜け出していることも、この城で働く者たちは把握しているだろう。

そして彼がグレーテに会うために様々な手土産を持って、しょっちゅう塔を登っていることも。

(だとしたら、もっと強気に出ても大丈夫かな)

なんせグレーテは、マティアスの寵姫《ちょうき》なのだから。——たぶん。

「あなたを敬う理由が何ひとつありませんので！　恨みはあれど恩はありませんので!!」

グレーテは恨み辛みを強調しつつ、にっこりと可愛らしく笑ってやった。

「おや、マティアス殿下がいらっしゃらない今、王都にあなたを守る人間はいないというのに。随分と強気でいらっしゃる」

「私が死んだら、マティアス様も命を落とすことになる。それはあなたも困るでしょう？」

「そんなもの、私が王妃様やマティアス様の陣営から抜ければよいことですし」

なんでもないことのように、ツェザールは言う。

つまりこの男は実際のところ、誰が王になろうがかまわないらしい。

「私に手を出したら、どうなるかわかりませんよ。なんせ私は魔女ですから」

正直言って魔女らしいことは何もできないが、こうなったらはったりをかますしかない。

シュミーズドレスの裾の中に、震える足を隠し、グレーテは怖いものなど何もないかのように小首を傾げて微笑んでみせた。

「……ほう。どんな魔法を使えると？」

ツェザールが小馬鹿にするように言った。

彼もあの伴侶魔法が、奇跡的に発動できたものだとわかっているのだろう。

もちろんグレーテは、魔法など使えない。

だがなんとかそれっぽいことはできないかと、必死に頭を巡らせる。

この男に隙を見せれば骨の髄《ずい》までしゃぶり尽くされてしまうと、本能が警鐘を鳴らしているのだ。

ツェザールをじっと見つめ、そこでグレーテは気づく。

「——閣下は頭痛にお悩みのようですね」

グレーテが言えば、ツェザールは不快そうに片眉を上げた。

(おそらく主な原因は姿勢の悪さによる肩こりかな。左右の肩の位置が変わっちゃってるもの。それと慢性的な水分不足もありそう。忙しくて水分補給ができないのかな)

手を伸ばし、ツェザールの額にひたりと指先を当てる。

「な、何を……」

わずかながらも確かにツェザールが怯えた表情をしたので、かなり溜飲が下がった。

とん、と軽く額を押してやれば、ツェザールが瞬きをし驚いた顔をした。

「信じられない……何年も消えなかった頭痛が消えた……」

深く刻まれていた。眉間の皺までもが消えている。

心底どうでもいいが、よく見たら彼がそれなりに整った顔立ちをしていることに、今更気づいた。

「そんなに痛いなら、鎮痛剤を飲めばいいでしょうに。これまでなぜ我慢をしていたのです？」

「芥子は頭の動きが鈍くなる。思考を放棄するくらいなら痛いほうがマシなのでね」

ああ、変態なのだな、とグレーテは思った。

この男にとって、思考することは何にも優先することなのだろう。痛みよりもはるかに。

道理で、只人とは思考回路がかけ離れているわけだ。

（うん。やっぱり気持ち悪い）

人は理解できないものを、嫌悪するようにできている。

それは身を守るための本能のようなもので、仕方がない。

ただ、それを露骨に表に出さなければいい話だ。

グレーテはツェザールに恨みしかないので、露骨に態度に出させてもらうが。

「忙しくとも、定期的に肩を回して、水分を多めに摂取しなさい。そうすればその頭痛も少しは改善するでしょう」

薬師時代の患者に対するような口調になってしまったのは、仕方がない。

(ちゃんと魔法に見えたかな……)

グレーテの唯一の魔女っぽい特技は、触れたところの痛みが消える鎮痛である。

魔法らしきものは、本当にこれしか使えない。

痛みとは、己の身を守る重要な機能だ。

それがあって、人は初めて己の体の異変を知ることができる。

だが過度な痛みは人の心を蝕《むしば》み、体の回復までも遅くする。

よって鎮痛は医療において、必要不可欠なものなのだ。

これがあるとないとで、患者の生活の質が圧倒的に変わる。

「痛みがなくなったのに、思考はすっきりしたままですよ。こんなことは初めてです」

「そう、それは良かったですね」

冷たく言ってやれば、ツェザールがいやらしそうな顔をして笑った。

「いいですねぇ、あなたの能力。実に素晴らしい」

褒められたというのに、グレーテの肌がまたしても粟立つ。

さっきまで平民だ魔女だと見下していたくせに。鮮やかな手のひら返しである。

「グレーテ嬢。ぜひこんな不自由な塔ではなく、我が家に来ませんか？」

さらにどうやらこの男、マティアスがいない間にグレーテを己の手の内に囚えるつもりのようだ。

「その能力を私に提供してくださるなら、我がファイネン公爵家が何不自由ない生活をお約束いたしますよ」

この塔から出してくれて、さらには贅沢までさせてくれるらしい。

だがグレーテは、マティアスの生命そのものだ。

グレーテを手に入れるということは、すなわちマティアスの命をも手に入れることになる。

よって、もちろんグレーテの返事は決まっている。

「お断りします。私はここで、マティアス様の帰りを待ちます」

キッパリと断ると、ツェザールは実に残念そうな顔をした。

「そうですか。残念です。……もともとあなたは私のものになる予定だったというのに」

「……は？　おっしゃっている意味がわかりませんが」

思わずこれまでで一番の、冷たい声が出た。

グレーテはツェザールを睨みつける。この鬼畜宰相、突然何を言い出すのか。

「実は我が家に代々密かに引き継がれてきた魔術書を初めて読んだときから、私はできる範囲で魔女を探していたのですよ」

そういえば彼の遠い先祖に、魔女の伴侶がいたのだった。

その魔女の伴侶は、魔女の寿命に合わせ二百年の長きを生きたのだとか。

「人の命はあまりに短い。さらに人はあまりにもあっけなく死ぬ。そんな人の理が私にも適用されることが、許せなかったんですよねぇ」

「……何をおっしゃっているのか、さっぱりわからないのですが」

思わず、さらに冷たい声が出た。

常々ツェザールのことを、同じ人間とは思えないほど気持ち悪い存在だと思ってきたのだが、そもそも彼自身が己のことを人間ではないと考えている疑惑まで出てきた。

「魔女を見つけ出して、先祖のように自分自身が魔女の伴侶になるつもりだったのです」

「――――は？」

グレーテは思わず、渾身の疑問符を上げてしまった。

身の毛が弥立《よだ》つとは、きっとこういうことを言うのだろう。

「だというのにマティアス様が死に至る病などに罹るから、仕方なくその座をお譲りしたのですよ、私は」

その言葉を聞いた瞬間。

グレーテは心の底から己の伴侶が、マティアスで良かったと思った。

こんな男と命を共にするなど、死んでもごめんだ。

さて、そろそろいい加減、この男を二、三発殴っても許されるのではないだろうか。

「いっそのこと、私もあなたの伴侶にしてもらえませんか？」

グレーテの手を握り、猫撫で声でそんなことを言いながら距離を詰め、目を輝かせて恐ろしいことを言ってくるツェザールが心底気持ち悪い。

全身の鳥肌がおさまらない。目の前から消えてほしい。

耐えきれなくなったグレーテは、ツェザールの手を振り解くと、その玲瓏《れいろう》な白い横っ面を思い切り平手打ちをした。

乾いた良き音がした。驚いたアイリスが目を大きく見開いている。

人に暴力を振るうなど、生まれて初めてのことだ。

だがどうにもこうにも悍《おぞ》ましくて、耐えられなかったのだ。

ツェザールは打たれた頬を手で押さえると、とろりと目を細めた。

(気持ち悪い気持ち悪い気持ち悪い……!)

そろそろグレーテの中のツェザールへの嫌悪感が、限界を突破しそうである。

「古代の魔女とは違って、私ごときの魔力では一人伴侶を作るだけで精一杯なので! 無理です! 他を当たってください、他を!!」

グレーテははっきりと言ってやった。

十発殴っても飽き足らないような相手を、なぜ伴侶などにせねばならぬのか。

「今回この国全土で魔女狩りをしましたが、残念ながら見つかったのはあなただけなのですよ」

その魔女狩りで、なんの罪もない女性たちがどれほど犠牲になったと思っているのか。

もし伴侶魔法を発動させることができなかったら、グレーテもまたこの目の前の男に殺されていたはずなのだ。

まるでなんでもないことのように言う、その神経が許せない。

本当に人の命を救うのは難しいというのに、人の命を奪うことの、なんと容易いことか。

「私はあなたが大嫌いなんです。正直今すぐにでも殺してやりたいくらいに」

グレーテが冷たく言い放てば、ツェザールはむしろ嬉しそうな顔をした。だからなぜだ。

あまりの意味のわからなさに、全身に悪寒が走り抜けた。

「正直あなたの存在自体を受け入れ難いので、二度と関わりたくありません」

はっきりと言ってやれば、ツェザールはようやくほんの少しだけ悲しそうな顔をした。

「まあ、マティアス様にもあなたに絶対に手を出すなと言われておりますし、今日のところはこのくらいで失礼いたしますね」

(またここに来る気満々じゃない……！　二度と来るなって言ってるのに!!)

大迷惑である。やはりここであと九発殴っておこうと思ったが、その後ツェザールは大人しく帰って行った。

完全に彼の姿が見えなくなってから、顔を青ざめさせたままぶるぶると震え続けるアイリスを抱きしめる。

「アイリス、大丈夫？」

さぞかし恐ろしかったことだろう。なんせ彼女の舌を奪った張本人である。

グレーテ自身ずっと緊張していたのか、その場にへなへなと座り込んでしまった。

(マティアス様……)

自分がどれだけ彼に守られていたのか。今になって思い知る。

自分が生きている限り、彼はよほどのことがなければ生きているはずだ。

(大丈夫。大丈夫……)

彼の無事を祈り、グレーテは目を閉じた。

思い切り引っ叩いてやったことだし、さすがにもう来ないだろうと思ったツェザールは、なぜか暇を見つけては頻繁《ひんぱん》にグレーテの下を訪れるようになった。

日々大迷惑である。グレーテの優雅な幽閉生活を邪魔しないでほしい。

「……アイリスが怖がるので、とっとと帰ってください」

「私はこの国の宰相なのだから、もう少し敬意を払ってもいいいと思うのですが」

「宰相だろうが、迷惑なものは迷惑です」

人は、慣れる生き物である。

この男のことがあんなにも恐ろしかったはずなのだが、こうも頻繁に現れると次第にその恐怖心が薄れてきてしまった。

それこそが、この男の狙いなのかもしれないが。

「私がここにいることで、自分が守られているとは思いませんか?」

「……私、命でも狙われてるんですか?」

「さあ? それはわかりませんけれど」

頭の毛細血管が切れそうになるのを、グレーテは必死で堪えた。

この宰相や王妃が口外しない限り、マティアスとグレーテの命が同一であることは誰も知らないはずだ。

（でも少し、気をつけたほうがよさそうかな）

ツェザールのことは死ぬほど嫌いだが、優秀な人間であることは確かだ。

おそらく無駄な行動をする性質ではない。

よってこうして頻繁にここに来ることにも、意味があるのかもしれない。

「ねえ、グレーテ嬢。やはり我が家に来ませんか？　私すっかりあなたのことを気に入ってしまって」

「行きません」

「ふむ。それは残念」

そして毎回恒例のやりとりをする。いつになったら諦めてくれるのだろうか。

（いざとなったらあと九発殴れるから……！　今は我慢……！）

こちとら前もって王太子殿下から、殴ってもいいとお許しをもらっているのである。

マティアスが帰ってきたら、彼の前でこの男を殴り飛ばしてやるのだ。

「そういえば、マティアス殿下ですが……」

「マティアス様に何か!?」

ツェザールの言葉に、それまで死んだ魚のような目で素っ気なく対応していたグレーテの目が俄然として輝き、彼に詰め寄る。

するとその変化を見たツェザールが、楽しそうににやにやと笑った。

本当に心底いやらしい男である。

「知りたいですか？」

「当たり前です！」

「だったら私の頭痛を止めてください。そうしたら教えてあげましょう」

「………」

勝手に押しかけてきたくせに、図々しい男である。

おそらくグレーテのことを、生ける鎮痛剤だとでも思っているのだろう。

頭に来たので、彼の眉間に指先をぐりぐりと押し付けてやった。

眉間にくっきりと残った己の爪痕《つめあと》を見て、若干溜飲《りゅういん》が下がる。

ツェザールはほうっと満足げに息を吐いた。

「本当に素晴らしい。やはりぜひ我が家に来ていただきたい」

「私はあなたの都合のいい鎮痛剤じゃありません。お断りします。──それで」

グレーテはずいっとツェザールに詰め寄った。

「マティアス様が、なんです？」

するとツェザールがククッと声を上げて笑った。

「いやあ、健気《けなげ》なことですね。伴侶魔法には魅了効果でも付加されているんですか？」

「いい加減、もったいぶるのはやめていただけませんか！　ちゃんと頭痛を止めて差し上げたでしょうが！」

地団駄を踏みそうになりながらグレーテが言えば、ツェザールは肩を竦めて口を開いた。

「マティアス殿下は、お元気だそうですよ。そして殿下が率いる我が軍がかつて奪われた国土の半分を取り返したそうです。勇猛なるその姿に、国軍兵士たちは皆マティアス殿下を崇拝しているとか」

グレーテの前にいるマティアスは、意地っ張りで天邪鬼で、そしてとても優しい人だ。だから彼の勇猛たる姿など、想像がつかない。

きっと、必死に頑張っているのだろう。

「いやあ、マティアス殿下の凄まじい執念を感じますね。きっとここへ早く帰りたいのでしょう」

そう言ってツェザールはちらりとグレーテを見た。

グレーテは思わず頬を赤らめ、俯いてしまう。

「おや？　もしや、烏滸がましくマティアス様の妃になれるとでもお考えで？」

「…………」

（……ああ、本当に嫌な男だなぁ）

グレーテは心の中で吐き捨てる。なりたくない、と言ったら嘘になる。

ふとした瞬間、本当に彼と生涯を共にする伴侶になれたらなどと思ってしまうのだ。

けれどもそれはあり得ないということも、よくわかっていた。

――平民で、しかも魔女。

そんな女がこの国で最も高貴な女性になど、なれるわけがないのだ。

だからこの問いに対するグレーテの正しい答えは、無言だ。

何を言っても不敬になる。

おそらくこの男は、グレーテの失言を誘っているのだろう。

無言のまましばらく経ってから、ツェザールは笑って口を開いた。

「ふふっ。やはりあなたは、一見何も考えてなさそうに見えて、その実お馬鹿さんではないようですね」

「…………」

「現実をよくわかっているようで、安心しました」

グレーテは小さく唇を噛み締めた。

そろそろ彼の股間のあたりに、踵蹴《かかとげ》りをかましてもいいだろうか。

「……もうここに用はないでしょう？　出て行っていただけます？　つくづく殴りたくなるので」

「おやおや。私はあなたが変なことに巻き込まれないよう、こうして気にかけて差し上げているのですがね」

一番変で迷惑で面倒なのはお前だと、グレーテは心の中でツェザールを罵った。

確かに彼がここに来ることで、グレーテがこの国の宰相閣下の庇護下にいると周囲に知らしめることはできるのかもしれないが。

誰の庇護下に入るかは、自分で決めさせていただきたい。

(でもやっぱりなにかあるのね……)

警戒は怠《おこた》らないほうがよさそうだと、グレーテは思う。

「きっと、もうすぐ戻られますよ。――そうしたら、嵐が来ますね」

また思わせぶりなことを言って、ツェザールはその場を後にした。

マティアスがかつてこの国が失った国土を取り戻し王都に戻って来たのは、戦争を始めて半年後のことだった。

それは当初ツェザールの立てていた予測に、実に近しい日付だった。

存在は気持ちが悪いが、確かに頭だけはいい、有能な男なのである。

ツェザールの話によると、戦いの最中マティアスは何度か命に関わりかねない大きな傷を負ったらしい。

それでも無事に生きて帰って来たことで、マティアスはエラルト神の祝福を受けたに違いないと、国民から絶大なる人気を得ることとなった。

実際にマティアスが持っているのはエラルト神の加護などではなく、伴侶としての魔女の加護なのだが。

それは国民が知る必要のないことだろう。

英雄となった彼を、誰もが称えた。

王都に帰還し歓声を上げる国民たちに手を振りつつ、中央通りを凱旋《パレード》するマティアスの姿を、グレーテは塔の高い位置にある窓から眺めた。

もちろんいつものように、窓まで引きずって持ってきた椅子の上に乗って。

マティアスが、随分と遠い人になってしまった気がした。

——元から遠い人であったのに、今更。馬鹿みたいだと失笑する。

（でも、無事で良かった）

——もう、それだけでいい。グレーテの目から涙が溢れた。

きっとマティアスは、今日はここには来ないだろう。

誰もが彼に会いたがるだろうから。

塔に閉じ込めたままの魔女のことなど、思い出しもしないだろう。

もしかしたら英雄となり王太子として揺るぎない立場を手に入れたマティアスは、もうグレーテのことなど、どうでもよくなってしまっているかもしれない。

(だったら、やっぱり寂しいな……)

グレーテは涙をこぼしながら、豆粒くらいの大きさのマティアスを眺め続けた。

ふと目が合ったような気がしたけれど、豆粒の大きさだからきっと気のせいだろう。

期待をしないですむように、グレーテはいつもより随分と早く寝支度をして寝台に潜り込んだ。

寝てしまえば朝が来る。そうしたらこの鬱々《うつうつ》とした気持ちも、きっと晴れているはずだ。

寝台の中で赤ん坊のように体を丸めて、グレーテは眠気を待つ。

(そうだ、楽しいことを考えよう)

頭の中の楽しい思い出を引っ張り出そうとしたら、一番最初に出てきたのは、よりにもよってマティアスだった。

子供のように笑うマティアス。揶揄われて拗《す》ねるマティアス。グレーテが何かを仕出かすたびに、真剣に怒ってくれるマティアス。
貧相なグレーテの体を抱いて、蕩《とろ》けるように満たされた顔をするマティアス。
（あああ……！）
色々とはしたないことまで思い出し、グレーテは頭を抱えて心の中で叫んだ。
どうやら気づかないうちに、自分の体は随分とマティアスに飢《う》えていたらしい。
マティアスが出征するまで、グレーテはかなり頻繁に彼と体を重ねていた。
それを半年以上、突然断たれたのだ。
体が疼いてしまっても、それは仕方がないったらないのである。
寝台の端から端までゴロゴロと転がって、グレーテは疼く羞恥心を落ち着かせた。
気がついたらこの塔で暮らし始めて、すでに三年が経過していた。
その間、グレーテにとってマティアスは、世界の全てだった。
だから、彼のことばかり思い出してしまっても、やはりそれは仕方のないことなのだ。
（眠れないなあ……）
どれだけ待ってみても、一向に眠気は訪れない。
（……まあ寝ようと意気込むと、逆に眠れなくなるものだし）
グレーテは諦めて、眠れないことを受け入れることにした。

寝台の中で、ぼうっとマティアスのことを考える。なんせ世界の全てなので。

一躍我が国の英雄になってしまった彼はきっと、これからもっと忙しくなることだろう。

少なくとも半年前までのように、グレーテに毎日会いに来るなんてことはできなくなるはずだ。

（寂しいなあ……）

仕方のないことなのに、湧き上がってきたその気持ちはどうすることもできない。

暗いランプの灯りを見つめていたら、視界がぼやけてきた。

どうやら懲《こ》りずにまた涙が溢れてきたらしい。

肩を震わせながら、グレーテは嗚咽をこぼす。

英雄になんてならなくていい。王様にだってならなくていい。

ただグレーテのそばにいてくれたら、それで良かったのに。

（わがままだなあ、私）

マティアスは己の欲しいもののために、王太子という尊き身でありながら戦場へ行くのだと言った。

そんな彼の意志に対し、ものを言う権利はグレーテにはない。

ただ彼にそこまでして欲しがってもらえるものが、少し羨ましいだけだ。

やがて月が真上に来た頃、とうとうグレーテは眠りに落ちた。

泣き疲れていたからか、不思議と全く夢は見なかった。

随分と深い眠りだったようだ。

だから鉄の扉の鍵がガチャリと外された音も、キイッという蝶番《ちょうつがい》の擦れた音も、そして己の寝台に許可なく潜り込んできた不埒《ふらち》な男にも気づかなかった。

翌朝グレーテは、背中の温かさで目を覚ました。

(……案外ちゃんと眠れたみたいね)

現金なものだと自分に呆れながらゆっくりと瞼を上げれば、高い位置にある鉄格子入りの窓から差し込む陽光に、目が眩《くら》んだ。

どうやら太陽はすでに昇っているようだ。そろそろ起きなければ。

(アイリスがそろそろ朝食を持って来てくれるはずだし)

みっともない姿は見せられないと、グレーテが身を起こそうとすれば、体に絡みつく何かによって動けないことに気づいた。

(……ん?)

いったい何かと自分の体を見下ろしてみれば、記憶にあるよりも随分と逞しくなった腕が絡みついていた。

喉が詰まり、胸の奥が一気に苦しくなる。締め付けられるような痛みだ。

よく陽に焼けた肌が、陽に全く焼けていないグレーテの白い肌の上に浮き上がっていて、妙に生々しい。

その腕には、グレーテが知らぬ傷痕《きずあと》がいくつも走っていた。

もう痛みはないのだろうが、盛り上がったその傷痕が痛々しくてそっと指先で触れる。

鎮痛だけではなく、治療もできればいいのに、と思う。

魔女ならば魔女らしく、もっと彼の役に立ちたいのだ。

グレーテの指先がくすぐったかったのだろう。

その腕の持ち主が背後からグレーテの銀の髪に顔を埋《うず》めて、くすくすと笑いを漏らした。

どうやら最初から起きていたらしい。

「……マティアス様」

グレーテはあえて、彼を名前で呼んだ。

体に絡まったマティアスの腕に、さらに力が込められる。

「……おかえりなさい」

またグレーテの目に涙が溢れた。

昨夜さんざん流し尽くしたと、そう思っていたのに。

「ただいま、グレーテ」

その声は、酷く甘かった。まるで久しぶりに恋人に会ったかのように。

マティアスの顔が見たくて、グレーテはくるりと体を反転させる。

そして、彼の姿を見て固まった。

「……………なぜ裸なので？」

「どうせ脱ぐなら、最初から脱いでおこうと思ってな」

「……………なぜ脱ぐ必要が？」

「——僕が、お前に飢《う》えているからだ」

そして性急に荒々しく唇が重ねられる。

どうやらグレーテが眠っていたために、これまで我慢していたらしい。

久しぶりだからか、口づけだけで下腹のあたりがきゅうっと甘く締め付けられる。

ぬるりと舌が口腔内に入り込んできて、グレーテは自ら己の舌を絡ませた。

マティアスの体が一瞬強張《こわば》る。してやったり、という気持ちになったがマティアスの指先がネグリジェの薄い生地の上から少し強めに胸の頂を摘み上げたために、あっという間に頭の中が真っ白になってしまった。

「んんっ……！」

グレーテが思わず体をビクつかせると、マティアスが楽しそうに喉で笑う。

相変わらずいい性格をしているようだ。健気な魔女をいじめないでほしい。

それから慣れた調子でネグリジェを脱がせると、マティアスはその形を辿るようにグレーテの体に手のひらを這わせた。

今は朝である。そして塔の最上階であるからか、この部屋は非常に日当たりがいい。よってグレーテはマティアスに己の体を全て晒す羽目になった。

（は、恥ずかしい……！）

何もかもが久しぶりすぎて、体を重ねているうちに失いかけていた羞恥心が蘇っていた。ついでに涙も引っ込んでしまった。

思わず身を竦ませ己の体を隠そうとすると、マティアスがかつてより逞しくなった腕で、グレーテを寝台に押し付けた。

「……どうして逃げる？」

「恥ずかしいからです！　だいたい久しぶりに会ってすぐこれって酷くないですか！　私にだって心の準備とか話したいこととか色々あったんですよ……！」

己の飢えと下腹の甘い疼きから目を逸らし、グレーテは唇を尖らせた。

するとマティアスが黙り込む。少し眉尻が下がっているところを見るに、彼自身思うところがあったのだろう。

「……すまない。お前を目の前にしたら我慢ができなかった」

しょげるマティアスが可愛い。グレーテは思わず小さく吹き出してしまった。

手を伸ばし、前よりも伸びた金糸を撫でて指で梳る。

マティアスは心地よさそうに目を細めた。

「……いいですよ。でも手加減はしてくださいね。お手柔《てやわ》らかにお願いします」

許可を与えれば、マティアスは嬉しそうに笑った。

久しぶりに見た彼の笑顔に、グレーテは胸を衝かれ、また涙が滲んだ。

(良かった……本当に良かった……)

こうして傷は負えども、生きて無事に帰ってきてくれて。関係性も変わらずにいられて。

「……綺麗だ」

マティアスがグレーテの体を眺め、思わず、といったふうにこぼした。

「僕なんかが触れてもいいのか、わからなくなるくらいに綺麗だ」

彼の自虐的な言葉にグレーテは自ら唇を寄せ、そんなことを言う愚かな口を塞いだ。

マティアスの手が、グレーテの体を這い出す。

思い出すかのように、ひとつひとつグレーテが感じる場所を暴いていく。

「あ、ああ……」

濡れすぎて、身動きするたびに粘《ねば》り気のある水音がする。

いつからこんなにも、淫らな体になってしまったのか。

「すごいな。外まで溢れてきている」

嬉しそうな、そして意地悪そうなマティアスの声。

その言葉に余計に胎が疼くので、自分も大概である。

濡れそぼった蜜口に、熱く硬いマティアスの欲が触れる。

「や、あああ……！」

そしてゆっくりと内側を押し拓かれていく久しぶりの感覚に、グレーテの腰が震える。

マティアスが奥まで届いた瞬間。グレーテは絶頂に達してしまった。

伴侶というのは、こういったことにまで相性がいい気がする。

互いを互いのために作り変えられてしまったような、そんな感覚だ。

「……ずっと、こうしたかった」

万感の思いが込められたマティアスの声に、グレーテはまた泣きそうになる。

手を伸ばしマティアスの頬に触れると、にっこりと笑ってみせる。

「生きて帰ってきてくださって、良かった……」

生きていなければ、こうして触れることもできないのだから。

するとマティアスは小さく唸《うな》って、グレーテを貪るように腰を打ちつけてきた。

「や、あ……！　待って……！」

激しく揺さぶられ、絶頂から降りてこられなくなり、頭がおかしくなってしまいそうな快楽の中で。

やはりどうしてもマティアスと離れたくないと、グレーテは浅ましくもそう思ってしまった。

「……お手柔らかに、って言ったのに……」

事が終わり、マティアスの腕の中でグレーテはぶつぶつと文句を言った。

ちっとも手心を加えてもらえなかった。

「そのわりには、気持ちよさそうにしていたじゃないか」

するとマティアスはにやにやと笑いながら、そんなことを言う。

そういう問題ではない、とムッとしたグレーテは彼の腕を、がぶりと甘噛みする。

「こら、痛いだろう」

くすくすと小さく声を上げて笑うと、マティアスはグレーテをぎゅっと抱きしめた。

すると太もものあたりに、またしても熱源を感じる。

このままではまた始まってしまうと、グレーテは慌てて歯を放した。

なんせグレーテは、三年この部屋を出ていない引きこもりなのだ。

ここ半年、戦場を駆け回っていたマティアスの体力に付き合えるわけがない。

「あ、避妊薬……」

飲まねば、とマティアスに求めれば彼は首を横に振った。

「今日は、持ってきていない」

「ええ!? どうしてですか！」

いつも事後必ず飲ませてくるというのに。久しぶりだから忘れてしまったのだろうか。

「もう、必要ないからだ」

彼の言葉の意味がわからず、グレーテはきょとんとしてしまった。

必要ない、の意味がわからない。

健康な男女間で避妊をせずに性交すれば、子供ができてしまうかもしれないのに。

「どういうことですか？」

不可解そうな顔をしているグレーテに、マティアスは不満そうな顔をする。

「できたなら産めばいい」

どうしていきなり、そんな無責任なことを言い出したのか。

グレーテは小さく震えた。理由がわからないことは、恐怖でしかない。

「僕の子供は、お前しか産めないんだ。だったらお前に産んでもらうしかないだろう」

むしろ喜べ、とでも言わんばかりの態度である。

だが思考が追いつかず、怯えたままの表情であるグレーテに対し、期待していた反応が返ってこなかったからか、マティアスはイライラと憤ったような表情を浮かべる。

「だから子供を産ませてやるって言っているんだ。お前は子供が欲しかったんだろう？」

確かに、グレーテはいつか家族を持つことが夢だった。だがそれはこんな形ではない。

「……ただ、私の『子供が欲しい』というわがままのために、子供を産むわけにはいきません。子供は親の所有物ではないんですよ」

それを聞いたマティアスは、驚いて目を見開く。

「親になった以上、子供が幸せに生きられるよう、親は努力をする義務があります」

グレーテは目を潤ませた。自分の自己満足のためだけに子供を望むわけにはいかない。

「こんな閉鎖された場所で、子供を産み育てるわけにはいきません」

生涯において、こんな場所で存在を隠匿され生きていくなんて。

そんなの、不幸しか生まれないではないか。

「……避妊薬をください。私は不幸な子供を増やす気はありません」

するとマティアスは、唇を噛み締め寝台から抜け出すと、手早く服を着て無言のまま部屋を出て行ってしまった。

彼を怒らせてしまったかもしれない。けれど、それがグレーテの素直な気持ちだった。

自分一人ならばともかく、自分の子までこの状況に巻き込むことはできない。

薬を持って来てくれることを期待していたのに、そのままマティアスは戻っては来なかった。

そしてそれからさらに三日間、一切顔を見せなかった。

かつては喧嘩《けんか》して別れたとしても、翌日には不貞腐れた顔をしつつ会いに来てくれたのに。

（きっと戦後処理でお忙しいのよね……）

グレーテは寂しく悲しい思いをしつつも、そう思い込むことにした。

グレーテの立場は、非常に心許ないものだ。ただマティアスの心ひとつでどうとでもなってしまうもの。

そんな自分の危うさを、今更ながらに再認識する。

彼を怒らせてしまったら、一巻の終わりなのだ。

今の生活だって取り上げられてしまうかもしれない。

グレーテはそっと下腹を撫でる。

（たぶん……大丈夫だとは思うけど）

最終月経から数えれば、妊娠しやすい時期ではなかった。

けれどそんなものは体調次第でいくらでもずれてしまうものだし、薬以外に完璧な避妊というものはない。

思わずため息を吐いたグレーテに、お茶を淹《い》れて持ってきてくれたアイリスは心配そうな顔をして、いつも持ち歩いている練習用の小さな紙に一文字一文字木炭で丁寧《ていねい》に文字を書く。

『だいじょうぶですか？』

拙くとも一生懸命書いてくれた字に、グレーテは笑みを浮かべる。

アイリスは随分と文字が書けるようになっていた。

複雑な文章は難しくとも、簡単なやりとりならば可能になった。

彼女と意思疎通ができることが、とても嬉しい。

「大丈夫よ。ありがとうアイリス」

そうだ。アイリスの前で、不安げな態度を取ってはダメだ。

彼女は自分よりもさらに脆《もろ》い足場に立っているのだから。

そしてアイリスはテーブルの上に、プティングの載った皿を置いた。

「わあ！　美味しそう。半分こにしようか。アイリスも食べるでしょう？」

グレーテが声をかければ、アイリスは恐縮して慌てて首を横に振る。

「いいからいいから。食べてみて」

グレーテは匙《さじ》をアイリスに渡す。心が落ち込んでいることもあり、彼女が甘いものを食べて喜ぶ姿を見たかったのだ。

アイリスはおどおどしながらもプティングに手を伸ばし、その黄色い身をわずかに匙で掬《すく》い上げた。

そして口に運ぼうとした、その瞬間。

グレーテは彼女の手ごと、匙とプティングを弾き飛ばした。

アイリスは驚き、目を見開く。

こんなに険しい顔をしたグレーテを見たことがないのだろう。

「アイリス！　口に入れてないよね!!」

グレーテの剣幕に、アイリスはガクガクと首を縦に振る。

するとグレーテは安堵のあまり、へなへなとその場に座り込んだ。

「……これ、毒が入ってる。絶対に触らないで」

それを聞いたアイリスが真っ青な顔をして、震えながら勢いよく首を横に振る。

「大丈夫。アイリスが犯人だなんて思ってないよ。だったら自分で食べようとしないでしょ」

アイリスを安心させるために、グレーテはにっこりと笑った。

まさか信じてもらえるとは、思っていなかったのだろう。アイリスの黒い目にぶわりと涙が浮かび、ボロボロとこぼれ落ちた。

その行動にこれまでの彼女の境遇が察せられ、グレーテは泣きそうになる。

「大丈夫よ。アイリス。私はあなたを信じているから」

それはかつて、自分が言ってほしかった言葉だった。

仲の良かった村人たちの誰もが、グレーテを魔女だと断じたときに。

泣き続けるアイリスを落ち着かせ、休むように促して退出させる。

床に落ちたプティングの切断面には、よく見なければわからない、産毛のような小さな細い虫が蠢いていた。

薬師としての知識がなければ、そしてツェザールの警告がなければ、気づかぬまま口に入れていただろう。

口に入れるものに、特に警戒をしていて良かった。

（……こんなものまで用意するなんて）
それはかつて、北部のとある街を恐怖に陥れた、寄生虫だ。
駆除方法は見つかっておらず、体内に入ったら最後、助かる方法はない。
グレーテはそれに手を触れぬよう、細心の注意を払いながら、匙で皿に戻した。
（犯人は……誰？）
この虫の性質を考えれば、誰が犯人か全くわからなかった。
（もしマティアス様、だったら……）
自分はむしろ、このプティングを食べるべきだったのかもしれない。
グレーテの中で、恐怖が湧き上がった。体から力が抜け、その場に頽《くずお》れる。
両手で顔を覆い、長く細い息を吐き出す。
――怖い。怖くてたまらない。
マティアスにすら存在を否定されたら、自分はもう耐えられそうになかった。

第六章　地獄に落ちる

初めてグレーテと夜を過ごした後、マティアスは母である王妃に呼び出された。

やはり自分の行動は、逐一《ちくいち》全て彼女の元へ報告が入るのだと、冷めた感情で思った。

『あなた、どういうつもりなの!?　王太子という立場の自覚はあるの!?』

そして開口一番、ぎゃあぎゃあと感情的に詰られた。

これまでずっと従順で自分の言いなりだった息子が、このところ思い通りにならないことに、苛立っているのだろう。

どういうつもりも何もない。答えなら、たったひとつだ。

『——魔女となら、子を作れるので』

するとそれを聞いた母は愕然とした顔をし、それからその場に頽れて大袈裟に泣きわめいた。

昔ならすぐにそばに駆け寄って心配しただろうが、今ではわざとらしいとしか思わない。

『そんなの許されないことよ！　平民の、しかも魔女の血を王家に入れることになってしまうわ……！』

母は狂ったように、そう言った。絶対に許すことはできないと。

『……ではどうするおつもりですか？　他に何かいい方法でもありますか？　生きている限り、僕はあの魔女以外の女性には触れられないのですよ』

魔女の伴侶となり貞操《ていそう》を捧げる代わりに、人間離れした強靭な肉体を手に入れる。

これは、そういう魔法なのだから。

『それはあの魔女があなたに嫉妬するから、ということでしょう……？』

母の目に、なんとも不快な色が浮かんだ。

嫉妬とはエラルト神が禁じた大罪のひとつだ。

露骨に表に出すことは、その人間の品性が疑われる。

グレーテ曰く、あの魔法陣を作った古き魔女は、自身は性に奔放でありながら伴侶には貞節を求めるというどうしようもない性質であったらしい。

本来の魔女らしい魔女だったと言うべきか。

『……ああ、魔女とは本当に、なんて穢らわしい生き物なのかしら。なんとか駆除する方法を見つけなくちゃ』

『――僕の魔女は、違いますよ』

マティアスは、イライラと母の言葉を遮った。

グレーテは身も心も美しかった。魔女でありながら純粋無垢だった。

勝手な憶測で、ものを言うのはやめてもらいたい。

『……僕は、彼女の伴侶です』

グレーテがマティアスのものなのではない。マティアスがグレーテのものなのだ。

『つまりは彼女だけが、僕の妃になることができる。もう諦めてください。母上』

『だけど平民の出の魔女だなんて……！』

『あはははははっ……！』

次第に面倒になってきたマティアスは、わざとらしく大きな声で笑った。

演技は大袈裟にしたほうがいいと、たった今母が教えてくれたので。

突然の息子の乱心に、王妃はわずかに怯えを見せる。

『随分とおかしなことをおっしゃる。そもそもあなたが、僕を魔女の伴侶にしたというのに』

――何を、今更。

マティアスがにっこりと笑えば、母はわなわなと唇を震わせた。

それは事実であり、返せる言葉が見つからなかったのだろう。

『あなたとツェザールが人に混じって大人しく平和に暮らしていた魔女を、魔女狩りの名目で無理やり引きずり出して魔法を使わせたのでしょう？』

そうしなければマティアスは一生グレーテに会えることなく、ずっと前に死んでいただろうから、わずかばかり感謝する気持ちもあるが。

『僕を魔女の伴侶にしたせいで、僕を悪魔に売ったせいで、僕はもう神の御許《みもと》にはいけないのですよ』

人は死ねばエラルト神の目の前で、審判を受ける。

どれだけの徳を積み、どれだけの罪を重ねたのか。

その重さを測り、人は死後行く場所が決まるのだ。

――天国か、それとも地獄か。

ちなみに魔女は、当然のように地獄に落ちることになっている。

つまりはその魔女の眷属となってしまったマティアスもまた、どれほど徳を積もうが、どれほど罪を重ねようが、地獄に落ちると決まっている。

『あなたは、自身の欲望のために、息子を地獄に落としたんです』

愚かな母にもわかるようマティアスは、ゆっくりと優しく話してやった。

まるで、幼い子供に話しかけるように。己の罪を、自覚させんとして。

『……僕はただ、人として生きて、人として死にたかったのに』

ささやかなその願いを奪ったのは、いったい誰だったのか。

『――――憐れには思いませんか？』

そう言えば、ようやく母はわずかながらバツの悪そうな顔をした。

『僕の妻は、グレーテだけだ。彼女以外に考えられない。もうこれ以上の口出しはしないでください』

『……マティアス！　あなたは魔女に誑《たぶら》かされているのよ！　しっかりしてちょうだい！目を覚まして！』

結果、母は自分の犯した全ての罪をグレーテに被せることにしたらしい。

きっともう、何を言っても無駄なのだろう。

呼吸をするように、自己正当化をする女なのだから。

『何を言っているんです？　全てあなたのせいですよ』

諦めがついたマティアスは、ここで完全に母を切り捨てた。

(——魔女のほうが、人間よりもずっと心が美しいなんて、皮肉な話だ)
母のほうが、グレーテよりもよほど魔女らしいというのに。
『あなたの望み通り、王にはなりましょう。この国の絶対的なる王に』
母の目が、歓喜に沸《わ》いた。おめでたいことだと、マティアスは嘲笑う。
なんせ国母になるために、息子を悪魔に売ったのだ。この女は。
『……けれども僕はもう二度と、あなたの思い通りにはなりません』
すると母が不思議そうな顔をした。
どうやら未だに息子が己の手を離れたことに気づいていないらしい。
愚かなことだと、やはりマティアスは嘲笑う。
『——僕の魔女に、決して手を出さないでくださいね』
それはマティアスの、母への最後通牒《つうちょう》だった。
その後、マティアスは王になるべく積極的に動き出した。
グレーテを妻にするためには、自分が絶対的な存在になればいいと考えたからだ。
(そうだ。誰一人として僕に文句を言えなくなるような、暴君になってしまえばいい)
邪魔な人間は、逆らう人間は、全て首を切ってしまえばいいのだ。
権力さえあれば、それができる。

今更どれほど罪を重ねようが、どうせマティアスの堕ちる場所は決まっているのだから。

そしてそんなマティアスにツェザールが提案したのが、北部遠征だった。

戦争を起こし、かつて隣国エンデルス王国に奪われた国土を取り返すこと。

それは長く王家の、そして国民の悲願だった。

その国土を取り返せば、マティアスの王位継承はほぼ動かせないものとなるだろう。

『せっかく死ににくい体になったんですから、有効活用してきてくださいよ』

そうにやにやと笑いながら、ツェザールはそんなことを言った。

相変わらず言うことが、いちいち腹立たしい男である。

わざとマティアスの神経を、逆撫でしている気さえする。

だが彼の言っていることは間違ってはいない。

――ただこの戦争に勝てばいい。

そうすれば、誰もマティアスに文句を言えなくなるだろう。

「ツェザール。ならばお前は僕がいない間、グレーテを守れ。傷ひとつつけさせるな。何不自由なく暮らせる環境を約束しろ」

「御意」

「ただしグレーテに変なことをしてみろ。殺すぞ」

「おやまあ。随分とご執心のようで」

「……殺すぞ」

するとツェザールは、声を上げて楽しそうに嗤《わら》った。

「いい目をなさるようになりましたね。マティアス様」

昔のガラス玉の目をしたお人形のような王子様よりも、よほどいいと言って。

それからすぐにマティアスは、父たる国王に出征を願い出た。

それを聞いた皆が、マティアスの出征を喜んだ。

彼が国土を取り戻すことを望み、彼が戦地で散ることを望んだ。

『行かないでください……！』

王などにならなくていい。死なないでほしい。

そう言って縋って泣いてくれたのは、グレーテだけだった。

——マティアスの愛する、可愛い可愛い魔女。

怖いものなど、もう何もなかった。

どれほど離れても、マティアスの命はグレーテの元にある。

戦地へと赴いたマティアスは、容赦なく戦《いくさ》を進めて行った。

勝つために手段を選ばなかった。戦場にいれば、いくらでも残酷になれた。

あまりにも手際良く敵軍を駆逐《くちく》していくその姿は、敵軍に悪魔と恐れられた。

一方で、自軍からは絶大なる人望を得た。

何度か命に関わりかねない傷を負ったが、それをもろともせず戦場に立ち続け、兵士たちを鼓舞《こぶ》していたからだろう。

王太子という高貴な身分のマティアスが最前線に立つことは、兵士たちの士気を大きく上げることとなった。

傷は受けても痛みはあっても、マティアスは死ぬことはなかった。

人間にしては若干傷の治りが早く、傷を負っても破傷風《はしょうふう》にはならない。

それは化け物と呼ぶには弱い、ちゃんと人間に見える程度の、ささやかな魔女の守護。

あまりに地味すぎて、誰もマティアスを魔女の加護持ちとは気づかない。

けれども地味ながらもそれらは戦場において絶大なる力となり、マティアスの命を救い続けた。

そして隣国に圧勝し、かつて奪われた国土を取り返せば、誰もがマティアスを英雄と崇《あが》め称えた。

引き直した国境を平定して戦後処理を終えたマティアスは、こうして王都へと戻ってきたのだ。

どこに行っても誰に会っても、皆がマティアスを英雄として称え崇める。

誰もマティアスが負った傷に、興味を持つものはいない。

その傷を痛ましげに撫で、無事に帰ってきてくれて良かったと、ただのマティアス自身を惜しんで泣いてくれたのは、やはりグレーテだけだった。

久しぶりに愛しい彼女を抱いて、幸せな気持ちになったのに。

グレーテは自分自身がマティアスの妻になるなどと、まるで考えていないようだった。

あくまでも自分はマティアスの愛妾であり、性欲処理のための存在だと思っているらしい。

子供ができても、この塔に閉じ込められるのであればいらないと、はっきりと言われた。

正直、マティアスは衝撃を受けた。

彼女に対しそれなりに好意を示しているつもりだったのだが、まるで伝わっていなかったらしい。

そしてしょんぼりと塔から降りて、自室に戻り、グレーテに対するこれまでの自分の言動を振り返ってみた。

よく考えてみれば、『愛している』などと一度たりとも言ったことはなかった。

『好きだ』とすら一度たりとも伝えたことはなかった。――挙げ句の果てには。

『仕方がないだろう。お前の魔法のせいで、僕はお前以外の女を抱けないんだ。責任を取って相手をしろ』

などと言って、無理やり手篭《てご》めにしてしまった。

（……我ながら、屑《くず》な男の極みでは……？）

あまりにも酷すぎる自分に、マティアスは、愕然とした。

いったい誰がこんな男を好きになってくれるというのか。

だというのにグレーテは、そんな状態でありながら、塔に会いに行くたびに嬉しそうに笑って歓迎してくれていた。

（……グレーテは、実は魔女ではなく本当は天使なのでは……？）

マティアスは思わず遠い目をして、現実逃避してしまった。

自覚してしまえば、途端に彼女の元へとなかなか足が向かなくなってしまった。

どうしようもなく会いたいのに、合わせる顔がなくて苦しい。

仕事が忙しいこともあって会いに行けないまま時間が経ち、なんとかしなければと焦って頭を抱えていたところで、突然執務室の扉が叩かれた。

「――殿下。なにやら言葉をしゃべれない下女が執務室前まで来ておりまして」

扉の前で待機していた近衛騎士の言葉に、マティアスは勢いよく椅子から立ち上がった。

その下女について、心当たりはひとつだ。

マティアスが扉を開ければ、やはりそこにいたのはグレーテがアイリスと名付け、可愛がっている舌を失った少女だった。

下女の分際で、一国の王太子の元へ許可なくやってきたのだ。

その罪の重さを知っているのだろう。ぶるぶるとその手と足は震えていた。

驚きつつも中に招き入れる。

彼女がここに来たということは、グレーテに何かがあったということで。

悪い想像に、マティアスは青ざめる。

覚悟を決めているのだろう。アイリスはマティアスに許可も取らずに部屋の中へ入り執務机へ駆け寄ると、そこにあるペンを勝手に取って、その近くに置いてあったメモ用の紙に文字を書き始めた。

子供のような拙い字で、けれども確かに読める字で。

秘密保持のためツェザールに舌を切られた少女は、気づけば文字という意思疎通方法を得ていた。

それは、グレーテが与えたものだ。
彼女がアイリスに文字を教える姿は、さながら聖母のようだった。
『――グレーテさま、しょくじ、どく』
メモを読んだマティアスは、全身から血の気が引いた。
少女の目には涙が湛えられ、今にもこぼれ落ちそうになっている。
誰が、グレーテの食事に毒を盛ったのか。
――残念ながら、その犯人は一人しか思い浮かばなかった。
どうやら彼女は、とうとう息子すらも切り捨てる気になったらしい。
マティアスはすぐに全てを放り出して、グレーテの元へとひた走った。
自分が生きているということは、少なくとも死に至る毒ではなかったということだ。
だがそんなことも、マティアスの頭の中から吹き飛んでいた。
もちろん二人の間にあった、気まずささえも。

◇◇◇◇

そんなものすごい勢いで走り去る彼の背中を、アイリスは驚きつつも見つめていた。

（……ああ、やっぱり王太子殿下は、グレーテ様のことを愛しておられるんだわ）

アイリスはほっと胸を撫で下ろす。きっとこれで大丈夫だと。

グレーテの様子から、彼女は毒を盛られたことを、誰にも話さないだろうと思った。おそらく犯人はマティアスか、マティアスに非常に近しい人物であろうと、グレーテは考えているだろうから。

だが一方でアイリスは、犯人がマティアスではないことを確信していた。

不思議なことにグレーテは全く気づいていないが、マティアスが彼女を見つめる目には、常に愛が溢れていた。

今は亡きアイリスの父の、やはり亡き母を見つめる目があんな感じだったからわかったことだ。

もしかしたらグレーテは、人が愛し合う姿を知らないのかもしれない。

小さな商店を営んでいたアイリスの両親はとても善良な人たちで、仲が良い夫婦だった。だが二人とも流行病で死んでしまい、突然やってきた父の弟という人に商店も名も全てを奪われてしまった。

そして両親が流行病で死んだというのにたった一人生き残ったという状況と、珍しい黒髪黒目であることを理由に、叔父によってアイリスは魔女であると断じられ、異端審問官に引き渡されたのだ。

それからの日々は、アイリスにとって地獄だった。

人間を、そしてエラルト神を恨んだ。

本当に自分が魔女だったのなら、叔父を地獄に落としてやれるのにとさえ思った。

そんな絶望の中で差し伸べられたグレーテの手は、アイリスにとって救いだった。

お互いに助からないと、心のどこかで悟っていた。

それなのに自分の命を投げ打って、アイリスにそのわずかな時間を譲ってくれた、優しい手。

だからこそアイリスは、人間に絶望しないですんだのだ。

その日から、グレーテはアイリスにとって神様になった。

舌を切られながらも生き延びて、彼女のために働けることが嬉しかった。――だから。

(絶対にグレーテ様には、幸せになってもらわなくてはならないの)

◇◇◇

一方グレーテは、プティングの処理について悩んでいた。

下手に捨てて王宮内にこの虫が蔓延《まんえん》したら、大変なことになる。

虫は水分がなくなれば死滅するため、乾燥を待つしかない。

(……きちんとした資材があれば、駆除方法を研究できるのになぁ)

困ってしまい、深いため息を吐いたところで。

激しい足音が聞こえてきた。バタバタと、懐かしい足音だ。

彼の股間が大変なことになった日以来かもしれないと思い、グレーテは久しぶりに笑ってしまった。

(今度は何があったのかしら?)

ガチャガチャと慌ただしく鍵を外す音。上手く外れないらしい。

不思議と人は、慌てれば慌てるほど時間がかかってしまうものだ。

苛立っているのか、彼が珍しく舌打ちなどしている。なかなかにお行儀が悪い。

「グレーテ……!」

ようやく鋼鉄の扉が、まるで木の扉のようにものすごい勢いで開けられた。

やはり随分と、力持ちになったらしい。

そして部屋の中にグレーテの姿を見つけると、その美しい緑の瞳を涙で潤ませた。

そこでグレーテの中のマティアスへの疑念は霧散した。――ああ、犯人は彼ではないのだと。

安堵のあまりグレーテの体から力が抜け、そのままぺたりと床に座り込んでしまった。

「良かった！　生きているのか……！」

生きている。むしろどこもかしこも元気だ。ただ体に力が入らないだけで。

マティアスはこれまたものすごい勢いでグレーテの元へ駆け寄ると、彼女の細い体を力一杯抱きしめた。

「大丈夫ですよ、マティアス様。ちゃんと食べる前に気づいたんです」

グレーテの視界も滲む。良かった。彼はまだ自分を必要としてくれる。

そのことが、どうしようもなく嬉しかった。

しばらく抱きしめ合った後、マティアスはグレーテの耳元で「ごめん」と呟いた。

グレーテはなんにも言わず、ただ彼の背中に手を添えた。

それからマティアスは、憎々しげにテーブルの上に置かれたままのプティングを睨む。

「……これが、毒が入れられたというプティングか」

「あ、触っちゃダメですよ。危ないので」

「……経皮毒なのか？」

「いえ、寄生虫が混入されています。しかも未だ治療実績のないものです。体の中に入られたら最後、助かる方法はないと思ってくださいね」

それを聞いたマティアスは、大袈裟にのけ反った。グレーテは小さく笑う。

そしてその寄生虫の習性、およびそれにより引き起こされる病状を事細かに説明すると、マティアスの顔がどんどん怖くなっていった。

「……なるほど。そういうことだったのか」

全てを聞いたときのマティアスの顔は、グレーテがこれまで見たことがないくらいに怖いものだった。

「このプティングを作ったのが、マティアス様でなくて良かった」

グレーテがそんな言葉と共に、また一粒、ぽろりと涙をこぼした。

ここで暮らし始めてすでに三年以上が経過していた。

その間グレーテにとって、マティアスはほとんど世界の全てだったのだ。

「当たり前だろう！　なんでそんなことを思ったんだ……！」

「もしマティアス様が作ったのなら、私はこのプティングを食べるべきだと思ったんです」

彼が自分を邪魔だと思い、排除しようと考えているのなら、それを受け入れようと思った。

マティアスがグレーテの手を取る。彼の手の表面は硬い。剣を握る人の手だ。戦場へ行く前は、もう少し柔らかかったと思うのに。

彼の背負うものの重さに、グレーテは胸が詰まる。

するとマティアスはその場に跪《ひざまず》き、グレーテの手を己の口元に寄せると、そこに触れるだけの口づけを落とした。

その様はまるで、騎士が姫に忠誠を誓う姿のようで、グレーテの胸が自然と高鳴る。

「グレーテ。すまない。もう少しだけ待っていてくれるか」

マティアスにまっすぐに見つめられ、グレーテは顔を赤らめた。

いったいどうしたというのだろう。随分とマティアスの糖度が上がっている気がする。

「――全てを終わらせてくるから」

マティアスが緑の目を、とろりと細め、グレーテに口づけた。

その目は、唇は、確かに温かいのに。なぜかグレーテの背筋がぞくりと冷えた。

グレーテが彼の言葉の意味を知るのは、その十日ほど後のこと。

――マティアスは突然、国軍を率いて父に退位を迫ったのだ。

どれほどの権力を持っていても、最終的に軍事力を前にすれば、全ては無力だ。

総大将として北部遠征に出征したマティアスは、そのことを悟っていた。

あの戦争のおかげで、今や国軍はマティアスの手中にあると言っていい。

かつて母の人形として過ごしていた頃は、マティアスに信頼できる臣下はほとんどいなかった。

けれども今は一躍英雄となったことで、マティアスの支持者は莫大な数となっており、協力者も一気に増えた。

父はそれなりにマティアスに警戒心を抱いていたようだが、国王の座にふんぞり返り自ら動くことなどほとんどない彼に、できることなどほとんどなかった。

愚鈍《ぐどん》な父は、すでに貴族にも民にも見放されていた。

英雄であるマティアスが王になることを誰もが歓迎し、大きな反発もなく、ほとんど犠牲を出すことなく、王位簒奪《さんだつ》は速やかに終わった。

父は幽閉され、彼の愛妾とその息子もまた幽閉された。

ぎゃあぎゃあとなにやら五月蠅《うるさ》く恨み言を叫んでいたが、それらがマティアスの心に響くことは一切なかった。

彼らは生存戦争に負けたのだから、仕方がない。

一方マティアスの母は、息子が国王となったことで嬉々として王太后の地位に就いた。欲しかったものが手に入ったからか、今やご満悦で王宮を女王のように練り歩いている。

戴冠式を無事に迎え、マティアスが新国王となったことが国民に公示され、国全体が祝福に沸いている頃。

マティアスは母である王太后を、お茶に誘った。

薔薇の咲き乱れる王宮内の庭園に、彼女はなんの警戒心もなく、ご満悦な表情でやってきた。

「ごきげんよう、国王陛下」

「お久しぶりです。母上」

マティアスは作り笑いをして、彼女を迎える。

王である証《あかし》であるマティアスの右手薬指にある印章を見て、王太后となった母は満面の笑みを浮かべた。

「うふふ。よくやったわ。さすがは私の息子よ」

夫が玉座を追われたことなど、もはやどうでもいいらしい。

ただ国母となるために、王家に嫁《とつ》いだ女だ。もとより夫への愛などないのだろう。

席に座れば、女官たちがお茶と菓子を運んでくる。

「どうかしら？　王としての公務は」

「優秀な臣下がおりますので。つつがなく」

「そう、それは良かったわ」

王太后はカップを手に取ると、美しい所作で口につける。

それからその隣にあった小さなプティングをフォークで切り分け、一口、口に含んだ。

「……そんなことよりも母上。最近僕の魔女の様子がおかしいんです。何かご存じありませんか？」

そうマティアスが問えば、王太后は一瞬喜色を顔に浮かべ、それから心配そうな顔を作ってみせた。

聞くまでもなかったが、やはり、とマティアスはいよいよ確信を持った。

グレーテにあの虫を送りつけたのは、この女なのだと。

「あなたの魔女がどうしたの？」

心配そうに優しく聞いてくる、そのこと自体があり得ないことに気づいていない。

自分がどれだけグレーテを蔑んできたのか、覚えていないのだろうか。

「最近ずっと、心ここに在らずといった感じで……」

「あらまあ、それは大変ね」

母は綺麗な所作でもう一度お茶を口に含むと、困ったように笑った。

わずかながら、母が動揺しているのがわかる。マティアスはさらに続ける。

「日常生活には支障がないのですが、最近不可解な言動が増えてきまして」

「そうなの。なんなのかしらね」

「……母上は何かご存じありませんか？」

王太后は小首を傾げて、満面の笑みを浮かべた。

「何も知らないわ」

その言葉に、マティアスはひとつ息を吐くと、作り笑いを貼り付け口を開いた。

「ならば代わりに答えましょうか。あなたは僕の魔女から、意思を奪おうとしたのでしょう？」

マティアスにかかった伴侶魔法。

それは死を避けられる代わりに、魔女への貞節を要求される。

マティアスの母は、伴侶魔法を上手く利用し、息子の命を繋いだ。

そうなれば、もう魔女はマティアスの命を維持するためだけの存在であればいい。

余計なことを考えず、マティアスを誑かすこともない、ただ生きているだけの植物のような存在に。

そして彼女は、その方法を手に入れたのだ。

マティアスは嬉々としてその方法について語る、自分の魔女を思い出す。

『実はこの寄生虫はこの大陸北部で発生したもので、心喰虫と呼ばれています。これに寄生されると幻視や幻聴が始まり、徐々に思考能力を失い、最終的にはなんの反応も示さなくなってただ生きているだけの植物のような状態になるんです。だから心喰虫と呼ばれているのですが、実際この虫が主に棲《す》みつくのは心臓ではなく脳です。実は『心』とは、『脳』のことであるということがよくわかりますね！』

この虫は頭部に棲みつき人の脳を少しずつ食べていくが、不思議と生命活動を司る部分には手を出さないのだという。

よって食事をしたり、眠ったり、排泄したりすることはできるが、他の人間らしい部分は徐々に失っていくらしい。

『ほとんどの場合、これ以上寄生が広がることを恐れ患者を焼き殺してしまうそうですが。上手く管理すれば、植物のような状態でかなり長く生き延びるらしいですよ。前に子供が寄生され、親がその子を殺すことができずにそのまま面倒を看続けて、十年以上を生きたという事例があります。棲家を失わないための、虫たちの知恵なのかもしれないですね』

ちなみに寄生された場合、回復した症例は未だゼロです！　全く治療法がないんですよ！

などということを、先日寄生させられそうになった張本人であるグレーテが、至極興奮しながら教えてくれた。

病気や薬の話になると途端に目が輝くのは、年頃の娘としていかがなものかと思う。

グレーテの話を聞いて、マティアスなどは恐ろしくて心底震え上がったというのに。

つまり母はグレーテをこの虫の苗床にして、植物のようにただ生きているだけの肉塊にしようとしていたのだ。

伴侶魔法は、グレーテの魔力を利用して発動している。

だがその発動する本体が壊れ命の器としてのみの存在になれば、マティアスは他の女も抱けるようになるのではないか、とでも王太后は考えたのだろう。

マティアスは心をなくし、ただ生きているだけの存在となったグレーテを想像する。

彼女がもう二度と自分の名を呼ぶことも、笑いかけてくれることもなくなってしまう、そんな絶望を。

それは地獄に落ちることよりも、はるかに恐ろしいことのように感じられた。

「……それで。わたくしがその虫を魔女に飲ませたという、証拠はあるのかしら？」

「それがあるんですよ。あなたが殺したと思っていた料理人。実は生きていまして。彼があなたの命令だったと自白しましたよ。指を全部失ってしまったので、もう料理人として復帰することはできないかもしれませんが」

料理人までに何人かの代理人を通したようだが、そんなものは遡《さかのぼ》ってしまえば簡単に露見してしまうものだ。

さすがに王太后も顔を顰めた。ようやく息子が真剣に、自分を糾弾していることに気づいたのだろう。

「まあ、それが本当だとして。わたくしがどんな罪に問われるというのかしら？　所詮平民の、しかも神殿によって火炙りになる予定の魔女を殺したところで、褒められこそすれ罰せられる筋合いはないわね」

開き直って言う母に、マティアスは笑みを深めて口を開いた。

「そうですね。……ところで母上。先ほどあなたが口にしたプティング。何が入っていたかおわかりになりますか」

「え？　………!?」

言われて、王太后は気づいた。先ほど食べたプティングの表面。

そこには目を凝らせばかろうじて見える程度の、細く小さな虫が大量に蠢いていた。

「つきゃあぁぁぁっ……！」

絶叫した王太后は立ち上がり、その場で食べたものを吐き出そうとする。

「そうそう。あなたが僕の魔女にくださったこの虫。彼女に協力してもらって僕のほうでちょっと繁殖させてみたんですよ。あなたの前に父上を食べさせてみたのですが、たった十日ほどでかなり呂律《ろれつ》が回らなくなっていました。恐ろしい虫ですねぇ。……あ、ちなみに今吐こうとしても、必ず体内に残りますので。足掻《あが》いても無駄ですよ」

「なんて……！　なんてことを……！」

王太后はマティアスに摑みかかろうとするが、すんでのところで近衛騎士に押さえ込まれた。

「医者を、医者を呼んでちょうだい……！　マティアス！」

「呼んだところで、今更どうにもなりませんよ。ご存じでしょう？」

マティアスは優雅にお茶を飲んだ後、にっこりと笑って言う。

「この寄生虫に寄生された人間の、回復実績は未だに皆無です」

「私はあなたの母親よ……！　なぜこんなことを……！」

「──そう、あなたは僕の母親で、僕はあなたの息子です。その息子を悪魔に売り払ったあなたには言われたくはありませんね」

王太后は愕然とした顔をする。

その目は息子を見る目ではなく、もはや得体のしれない化け物を見る目だった。

きっと今頃、息子の中身が悪魔と入れ替わってしまったとでも思っているのだろう。

「僕はさんざん申し上げましたね。僕の魔女に手を出さないでくれと。あれは実は最後通牒だったのですよ」

マティアスはにっこりと、美しく笑った。

「僕の大切なものを尊重しない母親なら、いらないんです」

「この化け物！　わたくしの息子を返してちょうだい……！」

案の定狂ったようにそう泣き叫び、騎士たちに運ばれていく王太后を、なんの感情も見えない目でマティアスは見つめていた。

別に、中身そのものが変わったわけではない。

マティアス自身が変わらざるをえなかっただけだ。

まあ、自分の言いなりだったマティアスを知っている母としては、納得ができないのだろうけれど。

一ヶ月も経たずして、虫はあの女から、自我を奪うことだろう。

――それはつまり、魂の死だ。

そしてマティアスが魔女の力を借り生き延びたことを知っているのは、母と宰相のみ。

つまりこの二人さえ消してしまえば、もはやグレーテの正体を知るものはいなくなる。

「おい、全て見ていたんだろう、ツェザール。出てこい」

すると背後から、ほとほと呆れた様子の、この国の宰相が現れた。

「いやはや、すっかり魔のものになってしまわれて」

「お前たちがそう仕向けたんだろうが。諦めるんだな」

そしてマティアスは、美しく微笑んで問う。

「なあ、ツェザール。お前、僕に殺されるのと僕に利用されるの、どちらがいい？」

罪悪感などまるで感じさせない子供のような純粋な問いに、ツェザールは引きつった笑みを浮かべる。

「……利用していただけるとありがたいですね。できれば二百年くらい生きたいので」

「ふうん。相変わらず図々しいな。それで？　古代の魔女でも探すのか？」

「──できれば。私はこれでも、あなたが羨ましいのですよ」

「グレーテはやらないぞ」

「わかっておりますよ。では、彼女を私の娘とするのはいかがでしょうか？」

その言葉にマティアスは片眉を上げげた。確かにそれが可能ならありがたい。

ファイネン公爵家の娘であれば、グレーテを王妃とするのが途端に楽になる。

「私はあなたの忠実なる下僕ですからね。あなたの望みを叶えましょうとも」

白々しくそんなことを言う宰相を、マティアスは冷たい目で見やる。

「まあ、魔女を使って僕の寿命を延ばしたなど知られれば、お前も異端として神殿からどんな目に遭わせられるかわからないしな。一蓮托生というやつだな」

本当はグレーテを王妃にするために、自分以外の王族を皆殺しにするつもりだったんだがな、とマティアスは笑った。

一気に一皮剝けてしまったマティアスに、ツェザールは圧倒される。

若者特有の潔癖さも、どうやら削ぎ落としたらしい。

「おやまあ。すっかり、魔女に誑かされましたか」

「ああ、共に地獄に落ちてくれるそうだ」

マティアスはグレーテの顔を思い出し、ふっと幸せそうに笑う。

「……それはよろしゅうございましたね」

たった今、母を断罪したとは思えないその穏やかさに、ツェザールはむしろ恐怖と興奮を覚えぞくぞくと体を戦慄かせた。

「だって、どうせ僕は地獄に落ちるんだ。だったら今更どれほど罪を重ねたところで、同じことだろう？」

一殺そうが、万殺そうが、落ちる場所は所詮同じ地獄だ。

だったらやりたいようにやるというマティアスに、ツェザールはその場で膝をついた。

そしてこの国の宰相として、マティアスに恭順《きょうじゅん》の意を示す。

「あなたにお仕えいたしましょう。マティアス国王陛下。あなたが統治する国は……とても面白そうだ」

相変わらずいちいち腹立たしい言い方をする男だと思いながら、マティアスはその忠誠を受け入れた。

「ちなみに私は陛下の義父、ということになるんですねえ」

「……一気にぐっと拒否感が出てきたな」

「いやあ、グレーテ嬢も私が父になると言ったら、きっと死ぬほど嫌がってくださいますよね」

「……だから、なんでそこで嬉しそうなんだ。本当に気持ち悪いな、お前」

そしてこの国の新たな国王と宰相は、互いに乾いた嗤い声を上げた。

その後マティアスは母を、地下にある牢に幽閉した。

息子が悪魔に成り代わられた、などと妄言としか思えない内容のことを怒鳴り散らし泣き叫んでいるが、もはや誰も相手にしていない。

そもそも邪魔をしてくる人間や面倒なことを言ってくる人間は、全て綺麗に片付けた。

そこに、もう一切の躊躇いはない。

人として堕ちるところまで堕ちれば、罪の意識などなくなるものらしい。

マティアスが人としての真っ当な感情を向けるのは、グレーテだけだ。それ以外は、もうどうでも良かった。

無事王宮内の全てを掃除し終えたマティアスは、いつもの塔へ登る。

重い鉄の扉を開き、そこに閉じ込められている、彼の魔女を助けに。

「マティアス様！」

マティアスの姿を見るなりグレーテは声を上げ、目を潤ませ、こちらに向かって駆け寄ってきた。

十日ぶりに見る彼女は、随分窶れていた。

全くなんの情報も入ってこない状況で、長きに亘《わた》り会いに来なくなってしまったマティアスのことを、心配していたらしい。

「グレーテ」

彼女の名前を呼ぶたびに、胸が締め付けられるのはなぜだろう。

グレーテの横に控えているアイリスを見やれば、弁えているようで一礼して部屋から出て行く。
実によくできた侍女である。これからもグレーテのそばに置いておこうと思う。
――――そう、彼女が王妃になった後も。
今までになく深刻そうな雰囲気に、グレーテが怯えた顔を見せる。
彼女は、全くもって欲深い人間ではない。
だから山のような金貨も、美しい宝石も、彼女の心を動かすことはできない。
金で解決できることがどれほど楽か、彼女との日々でマティアスは思い知った。
グレーテの気持ちを動かすことができるのは、ただひたすらに己の行動だけだ。
混乱し緊張しているグレーテの前に、マティアスは跪いた。
そして、彼女の手をとって、額の上に戴く。
「マティアス……様？　何かあったの？」
「――愛している。グレーテ」
それは初めてマティアスの口から溢れた、愛の言葉だった。
グレーテは驚き、真っ赤な目をまん丸に見開く。
「――どうか、僕の伴侶になってくれ」
血の色がそのまま透けているような、グレーテの真っ赤な目に涙が盛り上がる。

「あの、その……」

それからはっと我に返り、困ったように、言葉を探している。

その下がった眉は可愛いが、今度はどんな勘違いをしていることやら。

「言っておくが、これはお前を僕の王妃にするって意味だからな」

また勝手にとんでもない結論に至られたら困ると思い、念のために言ってみれば「ええ!? そうなんですか!?」という阿呆な返事が返ってきた。

やはりマティアスの妃になるとは、思っていなかったらしい。

伴侶になってくれと言ったのに、どうして愛妾になれという意味にとるのか。

明らかに認知が歪んでいる。それだけ身分差があるということなのだろうが。

「僕はお前以外と結婚できないんだから、当たり前だろう!」

頭に血が昇り、思わずマティアスはそんなことを言い放ち、そしてすぐに後悔する。

だがグレーテはむしろ、納得した顔をしている。

違う、言いたいのはそういうことではない。

「僕は、お前がいいんだ……! お前を愛してるんだ……!」

焦りのあまり、マティアスはそんなことを怒鳴ってしまった。

たぶん今、マティアスの顔は真っ赤になっていることだろう。

恥ずかしくて顔を上げられない。今ならばどんな恐ろしいことだって簡単にできるのに、なぜかグレーテの前では何ひとつままならない。

それでもこのままではいられないと、しばらくして、恐る恐る顔を上げてみれば。

グレーテはこれまで見たことがないほどに、顔を真っ赤にしていた。

その顔に、マティアスは一気に自信をつける。どうやら憎からず思われているらしいと。

「グレーテ。頼む。結婚してくれ。僕はお前と家族になりたい。お前に僕の子供を産んでもらいたいんだ」

ボロボロと、グレーテの目から涙がこぼれ落ちる。

こんなにも綺麗なものを、マティアスは生まれて初めて見た気がした。

マティアスの求婚を受けて、グレーテの目にあるのは、喜びと迷いだ。

グレーテが、頼られると否と言えない女であると知っている。

なんとか押し切ればいけると、マティアスは必死になって言い募る。

「お前じゃなきゃ嫌だ……！　どうか、僕をお前の真実の伴侶にしてくれ……！」

勢いに押され、とうとうグレーテが頷いた。

その瞬間。感極まったマティアスはグレーテを掻き抱いて、その銀の髪に顔を埋めた。

「……私も。マティアス様のことが、好き」

するとマティアスの耳元で、グレーテが小さな声で囁いた。

それは初めてもらった、グレーテの心だった。

涙が溢れて止まらなくなり、マティアスはグレーテの肩を濡らす。

すると手がマティアスの背中に伸ばされ、ぎゅっと抱きしめ返された。

それだけで、マティアスは今まで感じたことのないような多幸感に包まれる。

（――ああ、天国になど、行けなくていい）

天国ならば、ここにある。これ以上の幸せなど、あるわけがない。

腕の中を覗き込み、グレーテと見つめ合う。互いの涙に濡れた情けない顔に笑って、鼻先を擦り付け合って。

それから、互いの唇を気がすむまで執拗に重ね合った。

◇◇◇◇

（――って、そんなに安請け合いしていいことじゃないのでは……？）

そしてマティアスの画策により押し切られてしまったグレーテは、桃色の思考からようやく戻ってきて頭を抱えた。

いた。

(そりゃマティアス様のことは好きだけれど……)

グレーテはずっと、マティアスのことが好きだった。

彼への恋を、この塔での幽閉生活の潤いにしていた。

ありえないとわかっていたけれど、心のどこかで彼の唯一になれたらいいのにと思っていた。

そんなマティアスからの、奇跡的な求婚である。

グレーテは舞い上がり、うっかり頷いてしまったのだが。

冷静になって考えてみると、とんでもない話である。

このままでは平民の魔女が、この国の王妃様になってしまうのだ。

(本当に大丈夫なの……?)

グレーテは比較的楽観主義者であったが、王妃としてやっていける自信は皆無である。

なんせ高貴な女性のすべきことなど、何ひとつ知らないのだ。

「ちょ、アイリス！　お願い、もう少し緩く……！」

呼吸が苦しくなって、グレーテは弱音を吐いた。

だがアイリスは情け容赦なくグレーテのコルセットを締める。

マティアスと想いを伝え合い、いちゃいちゃとしながらゆっくりと過ごしていたら、大きな箱を持ったアイリスが部屋に戻ってきたのだ。

毎日食事やらなにやら荷物を抱えながら、この塔の階段を何度も行き来しているからか、アイリスの足腰は随分と逞しくなっているようだ。

「ああ、僕がアイリスに持ってくるように頼んだんだ」

そう言ってマティアスは、悪戯っぽく笑った。

その箱の中に入っていたのは、グレーテが身につけたことのない豪奢な絹のドレスと、下着や靴、装飾品などの一揃えだった。

普段グレーテはコルセットのいらない、綿モスリンのシュミーズドレスを着ていた。

着脱が楽なうえに着心地もいいので、気に入っていたのだが。

だがやはりシュミーズドレスは、公式の場などではよく思われないらしい。

そしてこの度この塔を出るに当たって、マティアスがグレーテにドレスを贈ってくれたというわけだ。

だがこのドレス、美しいのだが苦行である。

（絶対に体に良くない……これ……！）

薬師としてのグレーテが、そう叫んでいる。

もし本当に王妃となってしまった暁《あかつき》には、脱コルセットの啓蒙《けいもう》活動をしたい。切に。

なんとかドレスを身につけると、今度はアイリスにこれでもかと複雑な髪型にされた。

細かく編み込まれた素晴らしい技術なのだが、髪を引っ張られたうえにゴテゴテと宝石やらリボンやら花やら色々なものを載せられて、グレーテの頭は頭痛待ったなしである。

さらには大きく剝き出しになった首に、大きな金剛石が並んだ首飾りを下げられる。

重さを感じるほどのその大きさに、グレーテは泡を吹く寸前である。

これは絶対に肩が凝るやつだ。ちなみに肩こりは薬師の職業病である。

しかもその金剛石は代々の王妃が受け継いできた、この国の貴族の女性なら誰もが憧れる王家の宝物のひとつなのだとマティアスに言われ、グレーテは白目を剝きそうになった。

絶対にマティアスは面白がって言っているのだろう。実際腹を抱えて笑っている。

まさか人生において、国宝を首にかける機会が訪れるなど誰が思うだろうか。

知らぬ間に高度な美容技術を身につけていたアイリスの手により──のちに聞いたところ、いずれ必要になるからとマティアスとツェザールに唆され修業をしていたらしい──完成したグレーテを、マティアスは魂が抜けてしまったかのように見惚れていた。

「ああ、本当に綺麗だ」

蕩けるように目を細め、マティアスがグレーテに手を差し伸べる。

そういえばマティアスは、一度たりともグレーテの容姿を貶したことがない。

いつもただ美しいとだけ言ってくれた。それは、出会ったときから変わらない。

勇気を出して、マティアスの手に自らの手を載せる。

そして二人で鉄製の扉をくぐり、部屋の外に出る。

グレーテがこの部屋を出るのは、実に三年以上ぶりだった。

感慨深さに、グレーテの目がまた潤んだ。

するとドレスで階段は辛かろうと、マティアスがグレーテを抱き上げた。

昔よりも鍛えられた腕には、グレーテの重さごときなんでもないようだ。

申し訳ないと思いつつも、この慣れないドレスに慣れない靴では、階段を転げ落ちていく未来しか見えなかったため、グレーテはマティアスの厚意に甘えることにした。

やがて階段を降り終えて、さらにその先にある重い扉を押し開ければ、そこは王宮だった。

素晴らしい彫刻が施された大理石の柱が並び、灯火を持った女神を模った巨大な燭台が等間隔に置かれている。

その空間のあまりの綺羅綺羅しさに、グレーテはただ唖然とするしかない。

マティアスに手を引かれるまま王宮内を歩けば、すれ違った貴族階級であろう人々が、速やかに左右に分かれ、深く頭を下げてくれる。

居心地の悪さが半端ではない。グレーテは過呼吸になりそうなほど緊張していた。

「……みっともないと思われていたら、どうしよう」

歩き方ひとつにさえ、貴族にはマナーがあるのだと聞いたことがあるのだ。

自分はいいが、マティアスに恥をかかせたくない。

「大丈夫だ。気にしなくていい」

マティアスはそう言って、グレーテが逃げ出さないようにとその肩を深く抱き込んだ。

「……君に文句を言うような人間は、ここにはいないからな」

そう、本当にいないのだ。

マティアスは王宮から自分に逆らうものは全て切り捨て、追い出してしまったから。

だがそんなこととは露知らず、それどころか一生そのことを伝えられることのないグレーテは、不安ながらも必死で胸を張り笑顔を作って歩いた。

やがて歩いているうちに周囲の人が減っていき、女官しかいない、王宮の中でも極めて美しく豪奢な空間に出た。

どうやらそこは、王とその家族が暮らすための私的な場所らしい。

そしてグレーテは、その中のひとつの部屋に案内された。

そこはクリーム色で統一され、見るからに高級そうな調度類に満たされた、塔の上とは比べようもない広い部屋だった。

　そのあまりの美しさ、豪奢さにグレーテは感嘆のため息を吐く。

「……すごいお部屋ですね」

「ああ、今日からここがお前の部屋だ。白薔薇の間と呼ばれ、王妃のための部屋となっている」

「──は？」

　ちょっと待ってほしい。とてもではないが、さすがに身に余る。

　そもそも自分はまだ、王妃になったわけではないのだが。

「そして隣が僕の部屋だ。内扉で繋がっているから、いつでも遊びに来るといい」

「…………!?」

　つまりここはこの国の国王夫妻の部屋、ということで。

「マティアス様。私たち、まだ結婚していませんよね。それなのに私がここに入ってもいいんですか？」

「僕の求婚を受け入れたのだから、もう王妃のようなものだろう？」

「ですがマティアス様のご家族が、反対なさるのでは……？」

　グレーテは平民であり、王族のことには詳しくない。だが彼に血の繋がった家族がいることは間違いない。

「どうやら家族はみんな、体調が悪いようでね。父上も母上も療養するために、僕に王位を譲って、王宮を出てしまったんだ」

なるほど、とグレーテは思った。なんせマティアスは英雄だ。

きっと彼らは優秀な息子に後を任せ、隠居することにしたのだろう。

前国王夫妻が王宮の地下牢で自我をなくしつつあることも、父の愛妾とその息子の第二王子が行方不明となって見つかっていないことも、マティアスが血塗れ王などと言われていることも知らず、なるほど、とグレーテは笑う。

「……そんなことよりも」

マティアスの腕が伸びてきて、グレーテを捕える。

そして彼女を引き寄せると、激しく唇を重ねた。

唇を喰まれ、マティアスの意図を正しく把握したグレーテは唇の間をそっと緩める。

するとマティアスの熱い舌が、グレーテの口腔内に入り込んできた。

「んっ……！」

呼吸が難しくて、つい鼻に抜けるような甘ったるい声が漏れてしまう。それに気をよくしたのか、マティアスがさらに執拗にグレーテの内側を探る。

口の中がこんなにも敏感な場所だということを、マティアスに晒すようになって初めて知った。

確かに味や匂い、食感や温度まで感じる器官なのだから、当然のことなのだが。

マティアスの匂いや、唾液の味まで。その全てにグレーテの体が興奮し、戦慄くのだ。

（……少しくらい、いいかな）

マティアスと抱き合うとき、グレーテはいつも受け身だった。

乞われるから、受け入れるだけ。自分からは求めないようにしていた。

己の全てを他人に明け渡すことが、怖かったからだ。

彼の存在に依存すればするほど、失ったときの反動は計り知れない。

だがマティアスは、グレーテを塔から出してくれた。そして周囲に反対されるとわかっていながらグレーテを妃にすると言ってくれた。

その彼の真心に、応えたいと思ってしまったのだ。

そっと舌を動かして、グレーテの口腔内を我が物顔で弄るマティアスの舌に絡める。

驚いたのか、マティアスがびくりと大きく震えた。

そしてグレーテの舌を吸い上げて、マティアスは自分の中へと引き込む。

自分よりも少し温度が高いマティアスの内側を、グレーテは恐る恐る探る。

柔らかな頬の内側、綺麗に並んだ歯、硬い上顎まで。

そのたびにマティアスが反応して小さく体を跳ねさせることが、とても楽しい。

好奇心が旺盛なのは、元医療従事者だからだろうか。

すっかり調子に乗ってしまったグレーテは、マティアスの服を手ずから脱がせ始めた。

タイを抜き取り、シャツのフックを外し、上半身を裸にすると、その形を確かめるように手のひらを滑らせる。

(確かここって、男の人も感じるのよね)

男も女も同じ人間なのだから、その仕組みに大差はないだろう。

グレーテが触れられて気持ちのいいところは、きっとマティアスも気持ちがいいはずだ。

胸にある薄紅色の輪を指先で辿れば、目に見えてマティアスがビクビクと震えた。

(た、楽しい……！)

マティアスの唇から一度離れると、いやらしく唾液の糸が引かれる。

そのままグレーテはマティアスの頬に口づけし、彼の耳を喰んだ。

またマティアスが小さく跳ねる。どうやら耳も感度がいいらしい。

そのままはぐはぐと彼の耳朶を口で弄び、舌で筋張った首筋をぬらりと舐め上げてみた。

「……グ、グレーテ」

困惑したような、制止の声が聞こえる。とても可愛い。

そのまま楽しくマティアスの肌を唇と舌で辿り、胸元まで至り、先ほど指先で触れた薄紅色の輪の中心にある小さな粒を舐めた瞬間。

マティアスが小さく唸り声を上げて、グレーテを寝台に押し倒した。

「……おいたはそこまでだ。僕の魔女」

その声が非常に低い。グレーテの背筋にひやりと冷たいものが走った。

恐る恐る彼の顔を見上げてみれば、なにやら美しい緑柱石色の目が据わっている。

（ひっ……！）

どうやらのっけから調子に乗りすぎてしまったらしい。

マティアスの手がグレーテのドレスにかかる。

だがこのドレスは着るのも大変だが、脱ぐのも大変な非常に防御力の高い逸品である。

ドレスのフックをイライラと外し、なんとかコルセットまで辿り着いたものの、焦っているから余計に紐が上手く緩まない。

「もうこのままでいいか」

胸が半分ほど露出した時点で、諦めたらしい。

押し上げられ普段より多く盛り上がったグレーテの乳房に、軽く噛みついた。

「ひゃっ！」

そして脱げかけのコルセットからはみ出して、ぷっくりと勃ち上がった乳首をちゅっと吸い上げる。

(仕返しされてる……！)

大人気ない男である。与えられたわかりやすい快感に、グレーテも小さく体を跳ねさせて身悶えた。

そのまま歯を当てられたり、舌で押し潰されたりするたびに、下腹部が内側にきゅうきゅうと引き絞られるように疼く。

やがて彼の手がドレスの裾をたくし上げ、その内側へと入り込む。

投げてしまった。

そしてグレーテのドロワーズを引きずり下ろすと、足から抜き取って寝台の外へと放り

覆うものをなくし外気に触れたグレーテの秘部が、ひくりと戦慄く。

「……なるほど。ドレスを着たまま、というのもなかなか趣があっていいな」

そう言って、マティアスがにやりと嗜虐的に笑う。

せっかくアイリスに綺麗にしてもらったのに、とグレーテが小さく唇を尖らせれば、そ

の尖った唇をぱくりと口に含まれてしまった。

「むーっ！」

触れ合った唇の内側で、マティアスが楽しそうに笑っている。

グレーテが不貞腐れていると、彼の指先が脚の付け根へと伸ばされた。

「んんっ！　んっ!!」

泥濘《ぬかる》んだ蜜口から指で蜜を掬い取ると、それを潤滑剤にして敏感な小さな神経の塊を根本から揺らす。

痛みにすら感じる強い快感に、グレーテは思わずマティアスの腕を脚で挟み込む。

だがマティアスとの圧倒的な力の差で、あっさりと腕は外され、さらに大きく脚を開かされてしまう。

「や、だめ……！」

そして剝き出しになってしまった濡れそぼった蜜口に、マティアスの指が沈み込んだ。

何度も繰り返した今でも、自分以外の何かが内側に入り込む最初の瞬間は体が緊張し、強張る。

マティアスもそれをわかっているのか、最初は優しく触れてくれる。

グレーテの反応を見ながら、そっと押し広げるように内側を探り、体を高めてくれるのだ。

かつては残酷に感じた彼の手が、今は愛しくてたまらない。

気がつけばグレーテの中の彼の指は二本に増えていて、滑らかに動くようになっていた。

「……いいか？」

マティアスのどこか焦燥を感じる乞う声に、グレーテは頷く。

「……ドレスが邪魔だな」

そしてマティアスはグレーテの中から指を引き抜くと、グレーテを四つん這いにしてドレスの裾を大きく捲《めく》り臀部《でんぶ》を剥き出して、背後から入ってきた。

「え……？　んあっ……！」

グレーテは驚き身を起こそうとするが、入り込んできた質量に力が抜けて、潰れるように寝台にへたり込む。

（こんな……獣みたいな……）

恥ずかしくてたまらないのに、奥まで突き込まれると気持ちが良くてたまらない。

もしかしたら人間もまた、ただの獣にすぎないのかもしれないけれど。

「や、あ……！　マティアスさま……！」

肌と肌がぶつかる乾いた音が余計に羞恥を煽《あお》り、さらに興奮が高まっていく。

「ああっ……！」

そして後ろから伸ばされたマティアスの指に陰核を摘み上げられ、グレーテは絶頂に達した。

指先がシーツを掻き毟り、力の入りすぎた太ももがガクガクと震える。

「待って……！　今はだめです……！　ああっ……！」

それなのにマティアスはさらに激しく突き上げて、グレーテを苛む。

絶頂の波から降りてこられず、過ぎた快楽に、グレーテの視界が潤む。

一方的に与えられる快感は、怖い。

「っ……マティアス様の顔が見えないのは、いや……！」

涙混じりの声で訴えれば、マティアスの動きが止まる。

そして繋がったまま、マティアスがグレーテの体を丁寧に反転させてくれた。

ようやく見ることができたマティアスの顔は、真っ赤だった。

「すまない。夢中になってしまった」

恥ずかしそうに視線を逸らしながら、そんなことを言う彼が可愛くてたまらない。

余裕のないマティアスの姿に、求めているのは自分だけではないのだとグレーテは安堵する。

乞うように手を広げれば、マティアスが強く抱きしめてくれた。

「愛してる。グレーテ。僕は一生お前だけだ」

そう、それは物理的に。そうは思いつつも彼の言葉が嬉しくてたまらない。

「私もマティアス様だけですよ」

ちなみに魔女であるグレーテには貞節を守る義務はないが、人として誓う。

するとマティアスが幸せそうに笑い、それから覚悟を決めたように口を開く。

「……お願いだ。僕の子を産んでくれ」

かつて断られたことがよほどの心的外傷《トラウマ》だったのだろう。

恐る恐る聞いてくるので、グレーテは思わず笑ってしまった。

(大丈夫。ここはもう、塔の上じゃないから)

子供ができたっていいのだ。魔女の子供でもきっとマティアスは守ってくれる。

グレーテは両手を伸ばし、マティアスの頬を包み込んだ。

「……私もマティアス様の赤ちゃんが欲しいです」

こくりと、マティアスが喉を鳴らして唾液を嚥下した。

彼がさらに大きくなって、グレーテの下腹部を満たす。

そしてまたマティアスが、堪えきれないとばかりに動き出す。

「……グレーテ。グレーテ。グレーテ」

グレーテを激しく揺さぶりながら、マティアスが譫言《うわごと》のようにグレーテの名を呼ぶ。

ぽたぽたと彼の涙と汗が、グレーテの上にこぼれ落ちる。

「────っ！」

一際強く、奥の奥まで突き込んでマティアスが息を詰めて、その欲望を解放する。

命の種が己の腹に蒔かれたことに、グレーテの全てが満たされる。

やがて力尽きたようにマティアスがグレーテの上に落ちてきた。

荒い呼吸も、汗で貼り付く肌も、そしてその重みすらも、愛おしくてたまらない。

互いに息を整え合って、鼻先を擦り付け合って、唇を重ね合って笑い合う。

事後の気だるい空気の中、グレーテはマティアスの胸元に顔を擦り付ける。

やがて交わりの熱が冷めてくると、ふと不安が込み上げてきた。

幸せでたまらないのに、なぜか怖いと思ってしまう。

胸がもやもやとして、この状況を心の底から素直に喜べないのだ。

（……やっぱり何もかもが、できすぎている気がする）

自分がマティアスに恋に落ちるのは、必然であると思う。

塔の中という閉鎖空間で、あれほど格好良くて優しい人がそばにいて、好きにならずにいられるわけがない。自然の摂理だ。

けれどマティアスがこんなにもグレーテを好きになってくれた理由は、わからない。

「そんなに眉間に皺を寄せて。何を悩んでいるんだ？」

グレーテを大切そうに抱きしめて、耳元でマティアスが問う。

優しい声に、泣きそうになる。こんな素敵な人が、自分を好きになってくれるなんて。

（やっぱり奇跡か魔法としか考えられない……）

「……怖くて」

「……なに？」

問うマティアスの声が低い。怒らせてしまったのかと、グレーテは小さく震える。

すると慌てたように先を促すように、マティアスがグレーテの背中を撫でてくれた。

そのぬくもりに勇気を得て、グレーテは思ったことを話し始める。

「伴侶魔法に、互いを想い合うような、強制力のある魅了魔法が組み込まれていたのではないかって思ったんです」

「……どうしてそんなことを思ったんだ？」

「だってマティアス様が私を好きになる理由が、よくわからないから」

それを聞いたマティアスは、楽しそうにククッと喉で笑った。

「……それは、むしろ逆じゃないのか？」

「はい？」

「グレーテが伴侶魔法に成功したその理由を、ずっと考えていたんだが」

なんでもあの魔女狩りの際、グレーテよりもはるかに魔女として由緒正しい者が何人もいたのだという。

だが結局グレーテ以外には、誰一人として伴侶魔法を発動させることができなかった。

「実は僕が伴侶魔法をかけられる前から、お前に恋をしていたとしたらどうする？」

「……へ？」

グレーテは驚き、ぽかりと目と口を開き間抜けな顔を晒した。

「アイリスの代わりにお前があの部屋に入ってきたとき、僕の顔を見ただろう」

確かにうっすらと覚えている。血で描かれた魔法陣の上に置かれた寝台で、焦点の合わない目でこちらをぼんやりと眺めていたマティアスのことを。

「――そのとき、この世にはこんな綺麗な娘がいるのかと驚いたよ。まっすぐに覚悟を決めた赤い目がきらきらとしていて。思わず僕は見入ってしまったんだ」

そのときは魔女狩りに遭い、ほとんどまともな食事ももらえず、常に死と隣り合わせという非常に悲惨な状況にあり、とてもではないが美しい姿ではなかったと思うのだが。

まあ痛み止めの芥子の副作用で幻覚が見えていたのかもしれないと、グレーテは聞き流すことにした。

「それまでに殺されてしまった魔女たちには申し訳ないが、グレーテを見た瞬間、死んでほしくないと強く思った。お前が魔女だったらと願ってしまった。魔法陣よ、頼む、どうか動いてくれと、心から願ったんだ」

マティアスは手を伸ばし、グレーテの指通りのいい美しい銀の髪を撫でる。

「この柔らかそうな銀の髪に、触れてみたいと思った。それは死を間際にした、初めての恋だったのだと思う。だからこそそれまで一切動かなかった魔法陣が、突然発動したんじゃないかと僕は思っている。……もしかしたら伴侶魔法というのは、魔法をかけられ伴侶となる男が魔女に対し恋情《れんじょう》を持ち、伴侶となることを自ら望まなければ成り立たない魔法なのではないかってね」

それはつまり、魔法をかけられる前からマティアスは、グレーテに恋をしていたということで。

グレーテは思わず顔を真っ赤に染めた。

だが確かにそう考えれば、辻褄《つじつま》が合う気がする。

「だといいなあ……」

そうならとても嬉しい。そう言ってグレーテはふにゃりと笑った。

すると信じろと、マティアスは少しだけ唇を尖らせる。

「ああ、そういえば僕の初恋の告白ついでに、もうひとつ暴露してもいいか？」

「はい、なんでしょう」

ずっと心に引っかかっていた棘《とげ》が抜けたこともあり、グレーテは機嫌良く答える。

「……お前に、養父ができる」

なるほど、とグレーテは思う。

やはり平民のままマティアスの妃になるというわけではないようだ。

高位貴族の養女という形を取って、マティアスの元へ嫁ぐのだろう。

特に姓にこだわりはないため、グレーテはその提案を素直に受け入れる。

「わかりました。私はどちらでお世話になるんですか？」

「それで……その……お前の養父なんだが……」

なぜか珍しくマティアスが言い淀む。いったいどうしたのかとグレーテは首を傾げ、そして。

「――――ツェザールだ」

「はあぁぁぁ……!!?」

あと九発は殴らねばならぬ男の名を聞き、グレーテは衝撃のあまり絶叫してしまった。

エピローグ　祝福と呪い

オールステット王国第八代国王マティアスは、親兄弟を虐殺し王位に就いた残虐な王として歴史に名を残している。

彼を暴君であるという者もいれば、名君だと称える者もいる。

数多の残虐な行いから、血塗れ王などと後世で呼ばれる彼の治世は、一方でオールステット王国の歴史上、最盛期であったからだ。

彼は己に逆らう者を一切許さず、その首をいとも簡単に落とし、城壁に晒したという。

恐怖をもって支配した彼の治世で、取り潰された貴族は、軽く百を超えると謂《いわ》れている。

そんなマティアス王であったが、王となる前は従順な大人しい少年であったという。

なぜ突然そんなにも性格が変わってしまったのかには諸説あり、若き日に罹った大病がきっかけとなったという説もあれば、悪魔に体を乗っ取られたのではないかという突拍子もない説もある。

彼は五十年近い長き治世の末に、王妃を病で亡くしたその日に、まるで後を追うように崩御した。

妻を愛するあまりに後を追ったという自殺説もあれば、妻がこれ以上彼に罪を重ねさせまいと心中を図ったという説もある。

そんなマティアス王は、非常に謎の多い王として、歴史学者には認識されている。

だが彼よりもさらに多くの謎に包まれているのは、その妃である。

彼女について記されている歴史書はほとんどなく、姿絵の一枚すらも遺されていない。

それどころか、名前すらも正確に伝わっていないという。

当時宰相としてマティアス王に仕えた、ファイネン公爵ツェザールの娘だったといわれるが、それについても証拠となるものは一切出てきていない。

マティアス王は非常に嫉妬《しっと》深い性格で、王妃を一切公の場に出さなかった。

それどころか妃のことを聞かれるだけで、酷く不機嫌になったという。

そんなマティアス王には、三人の息子と四人の娘がいた。

この子供たちは全て王妃との間の子とされているが、妾腹の子が一人もいないというのは当時の慣習を鑑みるに、非常に珍しい。

そのことからもマティアス王の、妃に対する並々ならぬ深い執着が窺える。

そんな王妃は薬学に通じており、当時一斉に広まった家庭医学についての本を執筆したのがその王妃本人であったという説もある。だが、あまりに荒唐無稽であり後世の作り話である可能性が高く、血塗れ王が深く愛したという王妃は今も多くの謎を残したまま、歴史の中に埋もれている。

◇◇◇◇

（なんでこんなことに……？）

グレーテは豪奢な婚礼衣装を纏い、国宝の王妃の冠《ティアラ》を被り、ツェザールの腕に手をかけて、神殿の祭壇へ向かって歩いていた。

隣を歩いているツェザールは、実に機嫌がいい。

グレーテの嫌そうな顔すら、喜んでいる節がある。

うっかり彼の養女となってしまった平民のグレーテ・ロディーンは、公爵令嬢となってグレーテ・ファイネンと名を変えた。

つまり鬼畜宰相は養父となり、こうしてグレーテの親族代表としてのうのうと隣を歩いているわけだ。

足を踏んだり腕を抓《つね》ってやりたい気持ちをぐっと抑えて、グレーテは笑顔を浮かべつつ、夫となるこの国の王の元へ歩いている。

正直他にもっとまともな人選はなかったのかと、夫となる予定のマティアスを少々詰ったが、グレーテが魔女であること、そしてマティアスとの伴侶魔法のことを知っているということから、これ以上秘密を広めることをよしとしないマティアスの判断により、決まってしまった。

確かにエラルト教の異端審問官などに、グレーテの正体を知られるわけにはいかない。

国王、および王妃が破門されるなどという前代未聞の事態になりかねない。

そっとわからぬように小さく嘆息し、隣を歩くツェザールを窺う。

やはりなにやら、鼻歌でも歌わんばかりの上機嫌である。楽しそうで何よりだ。

ちなみに結婚準備の間に、養父としてやたらと纏わり付いてくるツェザールを三回ほど殴ることに成功したので、残すところはあと六回である。

(でもまあ、確かに妥当なのよね……)

物申したいのは山々だが、確かに彼は、娘が王妃となってもなんら問題のない高位貴族でもあるのだ。仕方がない。

祭壇の前には、頭に国王たる王冠を被り、グレーテを待つマティアスがいる。

まだ若いが、貫禄を感じさせるのはさすがだ。

厳しい表情で立っているが、グレーテの手がツェザールからマティアスに渡ったところで、ふと、いつものように笑ってくれた。

後方がなにやらざわめいていた理由は、そのマティアスが見せた笑顔のようだ。

マティアスはよく笑う人なのになぜ皆驚いているのだろうと、グレーテは不思議に思う。

参列者はマティアスの腹心の臣下のみが集められている。

よって皆、グレーテに好意的だ。棘のある視線や言葉を向けられることもない。

祭壇の前に立ち、神官から祝福の言葉を聞く。

魔女として捕えられた日から、こんな日が来るとは思わなかったと、グレーテは感慨深く思う。

マティアスと共にちらりと参列者のほうを見れば、一歳になったばかりの娘クラーラがアイリスの腕の中からこちらに手を振っている。

思わずグレーテも微笑んで、小さく手を振りかえす。

マティアスによく似た金色の髪と緑の目を持った、王家らしい見た目の女の子だ。

本当はもっと早く挙げるはずだった結婚式が、今になってしまった原因である。

どうやらクラーラはグレーテよりもよっぽど魔女の才能があるらしく、軽い紙などを手に触れずに動かすことができる。

隠すべきかと思ったが、マティアスはむしろ積極的に公開した。

すると不思議なことに、それは魔法ではなく神の祝福として扱われることとなったのだ。

（――つまり魔法か祝福かは、人の胸三寸で決まるってことよね……）

なんとも残酷で、やりきれない話だとグレーテは思う。

だがそれはともかく、娘は途方もなく可愛い。

さらには祝福持ちであると、すでに色々な国や貴族から縁談が来ているほどである。

もちろん娘を溺愛《できあい》しているマティアスによって、全て切り捨てられているが。

結婚式こそ今だが、グレーテが王妃になったのは妊娠が発覚した一年以上前のことだ。

子を非嫡子にするわけにはいかないと、慌てて結婚誓約書を書いたのだ。

そうして王妃になったわけだが、グレーテの生活はあまり変わっていない。

何か仕事を任されることもない。社交を任されることもない。

それどころか、公務と呼ばれるものの一切を振り分けられていない。

おそらくは、平民出の王妃には荷が重いと思われているのだろう。

それはもう純然たる事実であり、仕方のないことであり、才能も経験もないことに無理に手を出してマティアスの足を引っ張るくらいなら、王宮で大人しくしていたほうがいいだろうとグレーテは判断した。

よって王宮の奥深くで、優しい女官たちの手を借りながらも自らクラーラの世話をし、手が空いたときは書庫で本を読んだり、美しい庭園で女官たちとお茶をしたりしつつ、何不自由ない日々を過ごしている。

時折、薬師として働いていた日々で得た医療知識を無駄にしたくなくて、思いついたことをつらつらと紙に書きまとめている。

いずれなんらかの形にできればいいな、などと考えている。

マティアスもそのときは、協力してくれるらしい。

生活圏内でマティアス、ツェザール以外の男性を一切見ないことを不思議にも思うが、やはり特に不自由もないためあまり気にならない。

あの塔での生活に比べたら、王妃としての生活がはるかにマシであるからかもしれない。

平民として生きてきたグレーテには、そもそも高貴な方々の生活様式など、全くわからないのだ。

王妃としてどうあるべきかという知識もないし、さらには誰も教えてくれないため、疑問も持ちようがない。
きっと王妃とはそういうものなのだと、思うしかないのだ。
だからただマティアスから与えられた現状を受け入れて、グレーテは日々生きている。
神を祀《まつ》る祭壇の前で、マティアスと向き合う。
神の祝福を受けることなど絶対にできないはずの二人が、神の前で永遠の愛を誓う。
罪深い行為だというのに天罰が下《くだ》ることもなく、式は粛々と進んでいく。
こうして魔女とその眷属は、神の名の元に夫婦となった。
おそらく自分は地獄に落ちるのだろうとグレーテは思う。
だがマティアスと一緒なら、それも悪くない。

「……グレーテ。愛している」

周囲に聞こえないよう小さな声で、マティアスが耳元でそっと愛を囁く。
夫の血塗れの手を握り、王宮の外のことを何も知らないままで、グレーテは幸せそうに微笑んだ。

あとがき

初めまして、こんにちは。クレインと申します。

この度は拙作『私が死ぬと死んでしまう王子様との案外幸せな日常について』をお手に取っていただき、誠にありがとうございます。

今作は不治の病に冒された王子様の命を繋ぐため、魔女を捕まえて命の共有化をするための『伴侶魔法』を使わせたところ、その魔法にはなんと不貞防止機能まで付いていて——というお話です。

今回もソーニャ文庫様のレーベルカラーに甘えて、好き放題書かせていただきました。

ソーニャ文庫様、ありがとうございます！　とっても楽しく書きました！

さて、人間それなりに長く生きていると、他人に裏切られる、という経験を少なからずするものだと思います。

それが信じている相手であれば、長い付き合いの相手であれば、尚のこと苦しいものです。

もしこの世に本当に『運命の相手』というものがあって、絶対に裏切らないという確証があったなら、どれだけ楽だろうと思うことがあります。

そこで今作の肝である『伴侶魔法』を思いつきました。

互いの命を共有化することで、不貞行為に対する罰があることで、相手の裏切りを許さないという、実に都合の良い魔法です。

不貞行為に及べば挽げてしまいますし、自分が命を断てば相手も道連れにできる。

人によってはとんでもなく恐ろしい魔法なのですが、ヒロインのグレーテの精神が鋼かつ健全すぎてちっとも暗い展開になりません。

むしろこの魔法に繋がれ喜んでいるのは、ヒーローであるマティアスであったりします。

そんな二人の、おかしくも案外幸せな日常を、楽しんでいただければと思います。

イラストをご担当いただきました、閏《うるう》あくあ先生。マティアスが格好良すぎて、グレーテが可愛すぎて、思わず身悶えしてしまいました……！　本当にありがとうございます！

担当編集様。この度も多々ご迷惑をおかけいたしました。こうして無事に明るくドロドロな話になりました！　ありがとうございます！

締め切りに追われる私をいつも気遣い、励ましてくれる夫、ありがとう！

そして最後にこの作品にお付き合いくださった皆様に、心より感謝申し上げます。

この作品が少しでも皆様の気晴らしになれることを願って。

クレイン

この本を読んでのご意見・ご感想をお待ちしております。

◆ あて先 ◆

〒101-0051

東京都千代田区神田神保町2-4-7 久月神田ビル

㈱イースト・プレス　ソーニャ文庫編集部

クレイン先生／閏あくあ先生

私《わたし》が死《し》ぬと死《し》んでしまう王子様《おうじさま》との案外幸《あんがいしあわ》せな日常《にちじょう》について

2024年3月5日　第1刷発行

著　　者　クレイン

イラスト　閏《うるう》あくあ

装　　丁　imagejack.inc

発 行 人　永田和泉

発 行 所　株式会社イースト・プレス
〒101－0051
東京都千代田区神田神保町2－4－7 久月神田ビル
TEL 03－5213－4700　　FAX 03－5213－4701

印 刷 所　中央精版印刷株式会社

ISBN 978-4-7816-9766-6

定価はカバーに表示してあります。

Sonya ソーニャ文庫の本

『英雄殺しの軍人は愛し方がわからない』

蒼磨奏
イラスト 笹原亜美